Mar
Profundo

ROMESH GUNESEKERA

Mar Profundo

Tradução de Ana Ban

L&PM
EDITORES

Título original: *Reef*

Tradução: Ana Ban
Capa: Marco Cena
Revisão: Jó Saldanha, Bianca Pasqualini e Renato Deitos

ISBN 85.254.1483-2

G975m Gunesekera, Romesh, 1954
        Mar profundo / Romesh Gunesekera; tradução de Ana Ban.
    -- Porto Alegre: L&PM, 2006.
    200 p. ; 21 cm.

    1.Literatura inglesa-Romances. I.Título.

CDU 821.111-3

Catalogação elaborada por Izabel A. Merlo, CRB 10/329

© 1994 by Romesh Gunesekera

Todos os direitos desta edição reservados à L&PM Editores
PORTO ALEGRE: Rua Comendador Coruja 314, loja 9 - 90220-180
Floresta - RS / Fone: 51.3225.5777
PEDIDOS & DEPTO. COMERCIAL: vendas@lpm.com.br
FALE CONOSCO: info@lpm.com.br
www.lpm.com.br

IMPRESSO NO BRASIL
Inverno de 2006

Helen

Agradeço ao Conselho de Arte da Grã-Bretanha pela Bolsa de Escritor, e à Biblioteca Britânica, por suas instalações para pesquisa.

Agradeço especialmente a quem me ajudou individualmente de tantas maneiras, tanto lá quanto aqui, a descobrir e a escrever.

Dos ossos dele os corais são feitos.
A tempestade

Sumário

A brecha / 11

I   Kolla / 15

II   A alegria de cozinhar / 55

III   Mil dedos / 117

IV   Linha de maré alta / 188

A brecha

No posto de gasolina, o pátio estava vazio a não ser pelo meu carro, um Fusca vermelho velho que tinha sido do senhor Salgado. Abri a tampa do tanque e enchi até a boca, como ele tinha me ensinado. Uma fumaça espessa se erguia no ar da noite. Então anotei a quilometragem, os litros e a data em um pequeno caderno de registro e fui até o caixa para pagar.

A porta estava trancada, mas o rosto de alguém espiou por trás da janela de serviço reforçada; quase um reflexo de mim mesmo. Perguntei a ele se era do Sri Lanka. Sorriu meio acanhado e assentiu com a cabeça. Entreguei o dinheiro e ele apertou as teclas de sua caixa registradora eletrônica. Nada aconteceu. Ele deu uma batida na lateral da máquina e sorriu de novo para mim.

– Espere, espere – disse.

Bateu de novo e olhou embaixo do balcão.

Perguntei o que havia de errado.

Ele sacudiu a cabeça. Colocou alguns papéis de lado e empurrou a máquina. Não aconteceu nada.

– Um minuto – disse. – Espere!

Foi para os fundos e pegou um telefone. Havia números anotados em um cartão preso à parede ao lado do aparelho. Mas então ele olhou para mim por sobre o ombro e colocou o telefone no lugar.

Eu lhe disse que virasse a chave da máquina. Tinha que ter um jeito. Tentei falar em sinhala, mas ele sacudiu a cabeça. Língua errada.
– Tâmil, tâmil. Inglês só pouco – respondeu. A pontinha da língua dele tremia.
– Senhor, entre, por favor – apressou-se até a porta e a destrancou. – Por favor. Por favor.
Entrei.
Ele me conduziu até seu cubículo. Ergueu a parte de cima do balcão com dobradiças e fez com que eu me sentasse ao lado da caixa registradora.
– Minha primeira noite – disse. Pegou o telefone de novo. – Senhor fala, por favor.
– Com quem?
– Chefe. Não entende. Senhor fala, por favor. Senhor sabe, por favor – apontou para a caixa registradora e deu de ombros. Apagou as luzes do lado de fora. Mesmo assim, carros continuavam entrando e saindo, com os faróis formando arcos através das janelas, como se fossem holofotes de vigia. Ele se abaixava cada vez que isso acontecia.
– Quanto tempo faz que você está aqui? Neste país? – perguntei.
– Muito ruim agora guerra de volta. Minha casa perto Silavatturai, conhece? – sorriu, ansioso.
Eu podia vislumbrar um mar de pérolas. No passado tinha sido um paraíso para os mergulhadores. Agora era um marco para traficantes de armas em uma zona de batalha de acampamentos do exército e dos Tigres.
– Senhor mora perto? – perguntou, esperançoso.
Respondi que tinha um negócio ali próximo, um restaurante.
Ele aspirou um jato de ar congelante.

– Você neste país muito, muito tempo, então? Assenti com a cabeça. Já fazia mais de vinte anos. Um longo período protegido do passado.
– Começou com nada? – perguntou como se só por articular a idéia ela se transformasse em realidade. Ele também estava pintando um sonho.

Um bêbado veio tropeçando em nossa direção no escuro. Começou a bater na janela com força. Cada respiração que eu dava parecia estar impregnada de gasolina. Desejei fechar os olhos e imaginar o mar quente e nosso sal no ar. Eu e meu jovem refugiado com sua caixa registradora que não parava de piscar. Apertou outro interruptor e a luz do cubículo se apagou. Então, conforme as estrelas brilharam mais forte, lembrei-me de uma casa com janelas panorâmicas a dez mil quilômetros de distância.

I
Kolla

– O SENHOR SALGADO é um cavalheiro de verdade. Você tem que fazer qualquer porcaria que ele mandar. – Meu tio puxou minha orelha. – Entendeu, *kolla*? Simplesmente faça.

Eu tinha onze anos. Era 1962: o ano do golpe frustrado. Meu tio estava me levando para uma casa em uma cidade que eu não conhecia.

As duas colunas na frente da casa mergulhavam em canteiros de *rathmal* escarlate e jasmim branco. O enorme vão entre elas e as janelas da frente eram protegidas por persianas de bambu pintadas de verde-musgo. Estavam tortas, desfeitas em alguns pontos e respingadas de cocô de passarinho. O telhado era uma linha de curvas avermelhadas de cerâmica. Uma árvore branca colossal com pequeninas manchas de fogo dominava o jardim.

Meu tio me levou até os fundos da casa por uma entrada lateral.

Lá dentro, uma porta com uma mola comprida de metal cinzento acoplada rangeu atrás de nós, fechando-se automaticamente. Uma velha enrugada estava sentada em um banquinho de madeira com os pés ao sol. Ergueu os olhos.

– Você voltou de novo? – disse para o meu tio. – Que história é essa de ficar indo e vindo o tempo todo? – A boca desabou em volta das gengivas vazias.

Meu tio disse a ela que estávamos ali para ter com o senhor Salgado.

Ela se levantou, tremendo, e lentamente percorreu a distância até a parte principal da casa.

– Vou lá perguntar – balbuciou.

Nós nos sentamos no chão e ficamos esperando. Minha orelha doía por causa do puxão do meu tio. Quando o sol afundou por trás dos telhados, fomos chamados:

– *Ko?* – disse uma voz de algum lugar nas profundezas da casa. *Onde?* A sílaba rebuscada ecoou.

Os últimos raios de luz estilhaçavam-se por entre as árvores. Meu tio me empurrou para a frente.

– Vamos lá.

No início, o senhor Salgado não disse nada. Meu tio também era homem de poucas palavras. Ficaram os dois em silêncio durante um instante, apenas agitando a cabeça um para o outro, como fantoches no ar. Finalmente, o senhor Salgado apontou para mim com a cabeça.

– Então, esse é o garoto?

– É, esse é o garoto. – Meu tio passava o peso do corpo de um pé para o outro, encostado em uma parede. Uma mão fornecia o apoio, a outra oferecia um saco de mangas verdes que tínhamos trazido. Para ele, o senhor Salgado provavelmente não era muito mais do que um menino, mas um menino a quem a história favorecera (um produto do feudalismo moderno), ao passo que o meu tio era um caminhoneiro, um motorista de uma empresa de petróleo. – Foi deste aqui que eu falei. Ele é o garoto. Ele pode aprender bem rápido.

Um rosto liso e imperturbável olhava fixamente para mim.

– Escola? Você freqüentou?

– Sim – falei de supetão. – Fui à escola. Sei ler e escrever e fazer contas. – Eu até tinha aprendido um pouco de inglês com o coitado do meu professor, ainda atormentado pela influência da mitológica Vitória. Morava em uma casinha caiada próxima às plantações do meu pai.
– E agora?
Meu tio se contorceu ao meu lado.
– Como já disse, ele aprende rápido, mas não pode mais ficar na casa do pai. Aquele problema... Eu tinha incendiado o telhado de sapê de uma cabana no pátio da escola sem querer. Eu só tinha deixado cair um único fósforo pela boca da garrafa de áraque quase vazia do meu pai: um assobio de fogo azulado saiu voando e subiu pelas folhas de *cadjan*. Meu pai ficou louco da vida; fugi para a casa do meu tio, que prometeu arrumar uma vida nova para mim. Ele dissera que eu nunca mais precisaria voltar. "Só estou fazendo isto porque acho que a sua mãe... se estivesse viva... ia querer que eu fizesse. Entendeu?"
O senhor Salgado suspirou. Ele era magro e tinha a coluna recurvada. Com freqüência, retorcia-se nas posições mais estranhas, suas pernas se entrelaçavam e seu pescoço rangia. A expressão triste de uma garça ferida debatia-se em seu rosto. Ele falava devagar, quase hesitante, mudando de assunto com educação e comentando com o meu tio o golpe que não dera certo como se aquilo fosse uma chuva inesperada. Eu nunca tinha ouvido uma linguagem ser proferida de maneira tão suave. O discurso do meu tio, em comparação, era um suplício. Mesmo depois, sempre que o senhor Salgado falava, eu ficava encantado. Eu era capaz de me perder em sua voz; e isso não aconteceu somente naquele primeiro dia, mas com freqüência no decorrer de muitos anos. Às vezes eu nem captava as instruções que ele tentava me pas-

sar, mas não era sempre que ele notava. Acho que ele mesmo entrava em transe com a própria voz e perdia a noção do que tinha começado a transmitir. Talvez fosse por isso que ele de vez em quando preferia ficar em silêncio. Eu conseguia compreender por quê. Minha cabeça às vezes também parecia mais cheia de palavras do que meus lábios jamais poderiam proferir.

◆ ◆ ◆

O SENHOR SALGADO, Ranjan Salgado, era solteiro. Um cheiro doce se agarrava a ele, estonteante e artificial, subtraído de um frasco de marfim em forma de sino e impossível de ser aberto adequadamente. Ele o sacudia até que caíssem gotas diminutas e poderosas pelo fecho de metal acima do gargalo fino e então as esfregava nas mãos, no rosto ou no corpo. O cheiro me fazia pensar em arbustos de canela, mas era da natureza da cidade enganar. Até mesmo na casa do senhor Salgado o engano tinha encontrado abrigo, principalmente na cabeça de seu empregado, Joseph.

Depois da refeição, o senhor Salgado ficava em sua cadeira e apoiava a bochecha, ou o queixo, ou às vezes até a cabeça inteira em um dedo magro ou na palma da mão em forma de concha (um convite ao infortúnio) e ficava olhando para o nada com seus olhos enormes, como se não desejasse nada além de envelhecer. Ficava sentado na cabeceira da mesa de mogno escuro que aprendi a lustrar até que adquirisse um brilho profundo e reluzente. À noite, quando estava sozinho, geralmente gostava de comer pão e comidas ocidentais: *pratos*. Pequenos discos de carne frita e purê de batata cremoso que desapareciam em seu corpo sem deixar rastros. Carne enlatada era o que ele mais gostava. Comia aquilo com um *seeni-sambol* que queimava o céu da boca. Quando, depois de um tempo, eu me tornei seu cozinheiro além de tudo o mais, criei um picadinho especial: carne enlatada bem fritinha, assada com batatas, cebolas e pimenta-verde, com um toque de molho de soja e açúcar mascavo. Eu também gostava de saborear aquilo.

No começo, meu trabalho era simplesmente levar ao jovem patrão seu chá da manhã e depois varrer a varanda e os degraus da frente. Até que eu comprovasse minha competência, não tive permissão nem para fazer chá, nem para varrer ou tirar o pó de dentro dos cômodos. Achei bom. Não queria quebrar nada.

A vassoura que me deram era enorme. Morria de medo de derrubar alguma coisa, por isso usava a porta lateral da cozinha para dar a volta pelo lado de fora da casa e chegar até a frente. Eu não me atrevia a passar pela sala de estar nem pela de jantar com aquilo na mão. Certo dia, tive uma idéia brilhante: cortei o cabo, deixando-o mais curto. E assim começaram meus problemas com Joseph.

– Seu idiota estúpido, seu tosco com cérebro de galinha, seu cara de abóbora. Você não tem respeito pela propriedade? Você está aqui para cuidar das coisas, não para destruí-las.

Eu estava lá para ajudar Joseph, mas ele se ressentiu da minha presença desde o início. Talvez porque, apesar das minhas circunstâncias, eu não fosse da sua classe. Joseph tinha ido trabalhar para o senhor Salgado dois anos antes. Ele era de Kosgahapola, um pequeno vilarejo desagradável do outro lado de Ambalangoda, além dos fazedores de máscaras. Tinha conseguido arrumar um emprego na Casa de Descanso do governo, até que uma eleição parcial resultou em sua expulsão. A oposição tinha vencido e estava se vingando dos trabalhadores locais do partido, ou pelo menos era o que ele tinha dito a Lucy-*amma*, a primeira pessoa que conheci na casa, a cozinheira do senhor Salgado. O mais provável era que ele tivesse sido pego roubando. Apesar de sua pose altiva, ele nunca conseguia se controlar; tinha nascido com o equivalente moral de uma pessoa louca por doces: nenhuma tentação era pequena demais para ele. Eu o desprezava por esse defeito: para mim, ele maculava a casa do senhor Salgado.

Mas, naquele dia, foi como se eu tivesse desfigurado o lugar, como se a vassoura fosse alguma criatura viva que eu tivesse desmembrado, o herdeiro de alguma dinastia em vez de um bastão de madeira com cabeça de palha de coco gasta. Naquela casa, nunca substituíamos a cabeça das vassouras até que as cerdas desaparecessem por completo: era uma característica da residência. O senhor Salgado, que se orgulhava de suas habilidades de economia, nunca substituía uma escova de dente até que não tivesse sobrado praticamente nada além de um cabo de plástico. Eu observava as cerdas que iam ficando mais curtas e mais esmagadas a cada dia, até que às vezes eu mesmo saía para comprar uma nova e colocava na caneca dele. Escondia a velha no armarinho do banheiro (nunca tinha coragem bastante para jogar fora), só que ela invariavelmente aparecia de novo no dia seguinte, no lugar de costume. Mas eu tive razão ao cortar o cabo da vassoura, e Joseph estava errado em me dar bronca. Nosso jovem patrão ouviu a confusão e saiu do quarto. Joseph vociferava suas reclamações, mas o meu senhor Salgado disse:

– Não, está tudo bem. O menino precisa de uma vassoura mais curta.

Foi então que eu tive certeza de estar no lugar certo; *ele*, pelo menos, não achava que eu era idiota.

◆ ◆ ◆

FOI JOSEPH QUEM ditou as regras. Ele me disse onde eu podia dormir à noite, "embaixo daquele buraco redondo e pequeno", uma janela no nicho da sala de estar; e a que horas eu deveria me levantar. À noite, depois que ele apagava todas as luzes principais e trancava a porta da frente, eu aferrolhava as portas sanfonadas da sala, com um pino em uma cavidade no chão de cimento e outro na viga de madeira do teto, e me enrolava em cima da esteira embaixo da vigia. Eu geralmente me posicionava de maneira que pudesse olhar para fora, enquanto esperava o sono tomar conta de mim. Imaginava um mapa astral no céu que causaria a derrocada de Joseph, algum percalço terrível, preferivelmente precedido de uma desgraça perante o patrão, e minha própria escalada meteórica na hierarquia da casa. Logo no começo da infância, eu me convencera de que tinha a habilidade divina de *deviya* para controlar meus sonhos e, assim, toda noite, sonhava com vingança.

Certa noite, resolvi transformar Joseph em sapo. Fui dormir cheio de expectativa. Mas, no meio da noite, acordei suando. Alguma coisa tinha dado errado. Eu não conseguia me mexer. Estava duro em uma posição, petrificado. Meu coração disparou: um demônio tinha entrado na casa. Rezei para que fosse embora e prometi ser bom e obedecer a todo mundo à minha volta e louvar o deus de todos os deuses se aquele monstro se fosse. Horas depois, ou minutos depois, quando não havia mais nenhum som na sala, comecei a me sentir corajoso novamente. Rolei para fora da esteira e me levantei de um pulo. Nada aconteceu. Nenhuma adaga faiscou; nenhum demônio deu o bote. Não havia ninguém com quem brigar, apenas minha própria sombra formada pela meia-lua e a fuga de uma lagartixa assustada. Eu me agachei e esperei. Lentamente, à medida que fui percebendo que na verdade não havia ninguém ali, comecei a fazer uma brincadeira em que todo tipo de saqueador entrava na casa e eu, sozinho, os expulsava. Mas, no fim, a única coisa que aconteceu foi que dormi demais. Quando abri os olhos, já era de manhã. Joseph me cutucava com o pé.

– Acorde – ele dizia. – Acorde, seu canalha idiota.

O vaso chinês azul e branco que flutuava sobre o aparador escuro tremeu. Achei que ia cair e quebrar. Mas era eu, o meu corpo, que estava tremendo, não o vaso. Rolei para longe de novo, mas sem a mesma energia do meio da noite. O sono tinha acabado comigo.

– Chá! Chá! – Joseph estava furioso. – Leve o chá para o patrão. Acorde, seu burro folgado, leve o chá!

Atrapalhado com meu sarongue, levantei-me com dificuldade. Não conseguia parar de esfregar os olhos. Sem proferir nenhuma palavra, corri para a cozinha. Lucy-*amma* tinha preparado a infusão do chá e até tinha pegado a bandeja para mim. Rapidamente, enxuguei a xícara com a barra do sarongue e servi o chá. Leite e meia colher de açúcar. Sempre tinha sido daquele jeito: leite suficiente para transformar o castanho límpido em lama cremosa, e meia colher de açúcar branco para fortificá-lo. Amarrei meu sarongue de novo, apertado, e levei o chá para dentro.

O senhor Salgado estava na cama, ressonando de leve ao calor. O lençol de cima estava amontoado de um lado, e o sarongue descolava dos quadris magros. Sua baniana revelava alguns fios de pêlos escuros no peito estreito de garoto. Entrei e coloquei a bandeja na mesinha de cabeceira.

– Senhor, o chá!

Ele estava acordado, mas mantinha os olhos fechados. Fingia estar dormindo para não precisar dar conta da minha presença. No início da manhã, era sempre muito rígido no que dizia respeito a manter sua privacidade. Era sua *hora-Einstein*, como diria mais para o fim da vida. Eu tinha aprendido que ele gostava que eu deixasse o chá e desaparecesse sem proferir palavra. Então ele saía da cama e ia até a cadeira ao lado da janela para bebericar o chá, como se nunca se sentisse à vontade em sua cama grande, macia como um sonho com acolchoado e palha e molas espiraladas. Mas, naquela manhã, eu me demorei. Eu me sentia culpado por estar atrasado; também queria fazer algo para proteger a minha posição das críticas que eu sabia que Joseph faria posteriormente, ainda naquele dia.

– Senhor – declarei –, na noite passada, alguém tentou invadir a casa. Senhor, eu os expulsei, apesar...

Ele resmungou baixinho e se virou. A cama rangeu embaixo dele. Na cabeceira, um pequeno abajur balançou. Senti o quarto todo virar com o movimento dele. Ele era alto e, quando estava deitado, parecia se estender infinitamente. Os pés dele saíam pela ponta da cama, descobertos; tinham o dorso alto, que parecia espremer os dedos e encurtar os pés. Pareciam pés de mulher.

– Senhor, podem ter sido *ladrões*.

Eu só conseguia ver metade de seu rosto; o outro lado estava enterrado em um travesseiro. Abriu um olho castanho enorme e ficou olhando para mim. Um ombro desnudo subia e descia a cada respiração quente. Duas cicatrizes de vacina, como buracos de bala tapados, marcavam a pele do braço. O sono dele parecia confortável. Fez um som semelhante a uma interjeição, um gemido para qualquer circunstância. Não era uma pergunta, nem uma afirmação, mas dava conta da minha existência e do fato de que eu tinha dito o que precisava dizer. O olho escuro e sonhador se fechou com vagar, a pupila se contraindo com rapidez; a audiência tinha terminado.

◆ ◆ ◆

– O QUE ACONTECEU? – Joseph perguntou quando voltei.
– Nada – respondi. – Levei o chá.
– Continua dormindo?
De propósito, não respondi. Ele que imaginasse o pior, o pior para ele. Meu sangue fervia só de pensar nele contaminando o mundo com seu bafo, controlando meu destino. Virei a cabeça como se estivesse escondendo alguma coisa e me enfiei na cozinha.

Lucy-*amma* cortava cebolas, cebolas de Bombaim. As fatias finíssimas de cada cebola estavam empilhadas de um lado. Ela usava a faca como uma deusa implacável, uma *devatara*, fatiando semicírculos translúcidos e perfeitos. Estava sempre cortando cebolas. Aprendi algo com aquilo: a onipresença da cebola, constantemente aparecendo como o pulso do coração de nossa vida na cozinha. No café-da-manhã, no almoço, no jantar; aparecia em cada refeição: fatiada ou picada.

Aprendi sobre o corte de cebolas principalmente observando Lucy-*amma*, mas ela também me ensinou por meio da prática. Eu me transformei no assistente de cozinha dela: um aprendiz cortador de cebolas. Fiquei contente com aquela função, apesar de no começo, talvez por ser novo e pequeno e ficar próximo da superfície de corte, eu sempre chorava enquanto cortava as cebolas. Não havia nada que eu pudesse fazer contra aquilo além de ficar mais velho e mais alto. Só muito mais tarde fui aprender os truques para minimizar esse efeito: lavar a cebola, colocar pão na ponta da faca, enrolar um pano úmido em volta da mão. Mas até hoje, na maior parte das vezes, não faço nada disso: só corto e choro de modo catártico.

Naqueles primeiros dias, meu interesse por cebolas não tinha nada a ver com minha ambição de me tornar cozinheiro. Começou como um refúgio; uma fuga de Joseph. Ele não agüentava os vapores de uma boa e forte cebola. Quando estávamos cortando cebolas, e especialmente quando as estávamos fritando, ele nem chegava perto da cozinha. Fugia para o fundo do jardim. Fui ficando cada vez mais envolvido com a preparação das cebolas só para evitá-lo.

Naquela manhã, depois de me atrasar, encontrei Lucy-*amma* picando em alta velocidade com os olhos semicerrados. Ela cozinhava desde a virada do século. O lugar onde ela nascera tinha se transformado de vilarejo em selva e de novo em vilarejo, uma vez depois da outra, durante seus setenta e tantos anos. O país todo tinha se transformado de selva em paraíso e em selva de novo, como aconteceu de maneira ainda mais bárbara ao longo da minha própria vida. Em algumas noites, eu me sentava no chão ao lado dela e ouvia as histórias do passado. Ela conhecera o senhor Salgado quando ele era criança, enquanto ela criava seus próprios filhos, e o pai dele quando era criança como ela, muito tempo antes. Tinha servido uísque e café ao avô do senhor Salgado durante os tumultos de 1915. Tinha visto políticos com bigodões e adereços de tartaruga para o cabelo, casacas e sarongues com fios de ouro, descalços e com sapatos de ir à missa. Tinha visto as jaquetas acinturadas serem substituídas por camisas do tipo Nehru; prataria de Sheffield trocada por colheres de coco. Mas sua maneira de cozinhar e seu forno a lenha (duas pedras pretas do lado de fora da cozinha) permaneceram atemporais. O arroz continuava demorando vinte minutos para cozinhar, e se a tampa fosse erguida antes de as covinhas aparecerem, tudo estaria perdido; e, ela explicou, continuava impossível saber se um coco estava fresco sem sacudi-lo, e não dava para preparar um *pol-sambol* sem quebrá-lo. O gosto pela culinária não era volúvel, ela dizia, e a maneira como se engole a comida, assim como a maneira de se fazer bebês, não tinha mudado durante toda a história da humanidade.

– Você precisa desta aqui? – perguntei, indicando uma pequena cebola. A pele seca, parecida com papel, rachou. Ela não respondeu. Seus olhos estavam semicerrados, protegidos contra os vapores; sua faca era uma mancha de aço.

Peguei a cebola e cortei-a ao meio, e então cortei com cuidado cada metade no meio mais uma vez. Era uma cebola pequena, e a quarta parte cabia na minha mão fechada, chacoalhando, com um som meio abafado, como um dado na mão de um jogador.

Eu não tinha muita certeza sobre o que faria com a cebola cortada em quatro, mas sabia que queria unir os dois – a cebola e Joseph – de algum modo irritante.

◆ ◆ ◆

A CASA DO SENHOR Salgado era o centro do universo, e tudo no mundo acontecia naquele recinto. Até o sol parecia se erguer na garagem e se pôr atrás da árvore *del*, à noite. Papagaios de bico vermelho e *salaleenas* de orelhas amarelas iam cantar no jardim. Sapos-boi coaxavam ao lado do portão. Na segunda-feira, o quitandeiro aparecia com sua cesta de quiabo e vagem; na terça-feira, o açougueiro, com rabo de boi e um naco de carne de bode; na quarta-feira, o peixeiro chegava equilibrando clúpeos e camarões em duas cestas penduradas em um pau, entoando:

Isso, isso,
thora malu,
para malu,
ku-nis-so-o.

E, na quinta-feira, o vendedor de tecidos e quinquilharias aparecia com um baú de papelão na cabeça. Não havia por que ele ir até a nossa casa: só vendia para mulheres, e a única mulher na nossa casa era Lucy-*amma*, que nunca nem olhava para o que ele tinha a oferecer. Mas o homem era amigo de Joseph e ia até lá para fofocar. Os lábios dele eram deformados, permanentemente separados, como se despejassem sem cessar uma rede de intrigas.

Ele devia chegar no meio da manhã. Resolvi esperar até que chegasse, porque Joseph ficaria conversando com ele durante pelo menos meia hora e aquilo me daria tempo de entrar no quarto dele com minha cebola crua e fazer algo diabólico: esfregar sumo da cebola em toda a sua esteira de dormir. Até lá, ocupei-me com a varanda da frente, varrendo a poeira de um canto para outro e para o jardim, fazendo com que uma nuvem de partículas vermelhas saísse da cabeça da minha vassoura.

O vendedor de tecidos e quinquilharias tinha um sininho que tocava quando ia traçando seu caminho pela alameda. Cada vez que tocava o sino, os corvos da rua levantavam vôo desordenado. O lugar todo ecoava com os grasnidos, o sino e os arrulhos das pombas desmioladas do vizinho. Era a marcha de um mago. Havia uma casa do outro lado da nossa alameda onde ele sempre parava: número 8, a casa do senhor Pando. Era uma fortaleza misteriosa com muros altos. Da alameda, não dava para ver nada da casa, à exceção da ponta do telhado; o mascate sempre entrava, mas eu nunca o fazia, apesar de termos conhecido o senhor Pando razoavelmente bem anos depois. O tilintar do sininho parava de repente, e o silêncio era pontuado pela exclamação aguda e ocasional da senhora Pando, a *nona*, ao descobrir brocados dourados ou o preço de uma pulseira de esmeralda falsa. Mas, naquele dia, quando ele parou na frente da barreira e o tilintar definhou, havia algo faltando. A enorme porta no muro não abriu com a facilidade costumeira: toda a alameda ficou tensa. Então, para minha surpresa, o sininho começou a tilintar de novo. No início, de modo hesitante, como se o tocador não soubesse bem o que fazer. Então, com mais insistência, como se estivesse forçando a porta a abrir com o repique de seu sino diminuto. O toque era furioso o bastante para acordar os mortos, mas não houve resposta do número 8. Ele gritou *"badu badu badu..."*, bens e maravilhas, e então sua voz foi esmaecendo em uma espécie de ansiedade confusa. Nenhuma venda no número 8 hoje. Tocou o sino com um pouco menos de entusiasmo e veio na direção da nossa casa.

– E então? – ouvi Joseph dizer ao vendedor quando ele apareceu. Estava debruçado sobre o portão, balançando-se para a frente e para trás.

— Aquele pessoal deve ter ido a algum lugar.
— Não pode ser. Ouvi que estavam lá no começo da manhã. Estava acontecendo alguma confusão muito grande com aquela Pando-*nona*. Eu também tinha ouvido, mas não prestara atenção.

Joseph enxugou o rosto com a beirada do sarongue e fez um sinal para que o mascate entrasse. O amigo dele era um homem corpulento cujo rosto moreno e redondo estava sempre pingando de suor. Quando se agachou para pousar o baú de papelão no chão, parecia um sapo. A parte de cima da cabeça dele, sem o enorme baú por cima, era achatada e desfigurada. O efeito era causado por um anel de tecido que ele usava na cabeça como almofada. Tirou aquilo dali também e se abanou, balançando-se lentamente para frente e para trás, de cócoras.

— Ela até tinha me pedido para trazer renda hoje. — Abriu os fechos de latão do baú e deu uma olhada em uma trouxa lá dentro. — E olhe só, crepe georgette. — Limpou a garganta ruidosamente.

— Para que ela queria renda?
— Igual a todo mundo. Por que não? O que você acha que ela quer?

Joseph soltou um risinho abafado.

Eu me virei para ir para o quarto de Joseph, mas, de repente, soou o grito mais terrível que eu já ouvira: começou como um rugido nas entranhas da terra e entrou em erupção em algum lugar além do jardim, preenchendo o ar com dor e fúria. Um som animalesco, demoníaco em sua angústia, como o guincho de algum pássaro estripado, ou o cuincho de um porco perfurado; um som doentio provocado por um aparelho de tortura ligado a uma broca, ressecando os nervos da cabeça gelatinosa de todos os maníacos da vizinhança. Era um grito alto o bastante para tornar ridículo todo o histórico de ruídos em nossa alameda, talvez na cidade toda, até no país inteiro.

Joseph e seu amigo saíram correndo para o meio da alameda. Eu voltei correndo para o meio do jardim. Todos olhamos para a casa do senhor Pando: o ponto de origem do grito. Alguém, uma mulher, tinha começado a berrar. Portas bateram. Vidro se estilhaçou. Mais gritos e berros. Subi no topo da árvore branca do jardim da frente.

O pátio da frente do senhor Pando estava coberto de pó vermelho, como se fosse poeira de Marte. Os degraus estavam tapados por sacos plásticos. Uma mulher saiu correndo e levou consigo o pó vermelho dos degraus. Então soou mais um berro vindo da casa e ela voltou para dentro, apressada. Ouviram-se mais gritos, vozes se erguendo cada vez mais. Os corvos ficaram inquietos, grasnando e voando em círculos por cima da casa. O céu ficou negro. Pando-*nona* saiu correndo e olhou para o céu, e então correu de volta, xingando. O berreiro prosseguia com lamúrias extensas, compridas e sobrenaturais, subindo e descendo com ritmo próprio.

Joseph e seu amigo e todos os outros vizinhos se juntaram na frente da casa. No final, foi o mascate que entrou depois que a polícia derrubou a porta. Quando voltou, estava pulando para cima e para baixo.

– *Miris, machang*... pimentas! Aquela duas bruxas tentaram matar Pando-*mahathaya* com pimentas. Pimentas vermelhas fortes, secas e pimenta em pó. O lugar está todo coberto disso. – O suor escorria pelo seu rosto, seus olhos brilhavam com cada palavra. – Pando-*mahathaya* estava amarrado na banheira. Que cena... *appo*! – bateu na lateral da cabeça. – O rosto, os braços, o saco, até o pinto, tudo inchado igual a balões. *Grande*, cara. Esfregaram pó de pimenta em tudo que é lugar. Ele urrava de agonia. A madame-*nona* gritava com ele e despejava baldes de pó de pimenta. E aquela mulher empregada estava esfregando tudo. No cu dele! Nossas testemunhas riram, ele cutucava a si mesmo com o dedo e se retorcia.

Quando a polícia arrastou as duas mulheres para fora, Pando-*nona* ainda gritava com o marido.

– Vou deixar você bem quente, seu cutucador de *bathala*.

Parecia que ela, casada havia pouco, tinha encontrado o marido fornicando no banheiro com uma moça da famosa casa Bodega. Os urros dele e os berros dela deixaram marcas em tudo na vizinhança: pedras, árvores, construções, pessoas. Depois de tudo, a pele do coitado do Pando conservou o tom avermelhado, e ele vivia se enxugando com um lenço branco enorme, como se estivesse permanentemente com calor.

Voltei para a cozinha e enfiei minha cebola cortada em quatro em uma tigela; parecia inofensiva demais, mas eu ainda não estava pronto para lançar mão de pimenta.

◆ ◆ ◆

No ano seguinte, em setembro, o senhor Salgado tinha planejado uma viagem de alguns dias para a fazenda de chá de seu primo. Joseph ficaria encarregado da casa. Eu tinha que ficar com ele, já que não tinha outro lugar para ir. Fazia mais de um ano que eu estava na casa, mas não me sentia feliz. Enquanto Joseph fosse meu superior, eu não seria feliz e, se continuasse naquela posição, sabia que terminaria por me transformar também em uma pessoa corrupta e mal-intencionada.

Em preparação para a ausência do senhor Salgado, fechamos a casa e colocamos lençóis de linho por sobre a mobília na sala de estar e na sala de jantar. Joseph supervisionou. Eu puxei e ajeitei e enfiei e alisei e transformei o lugar todo em um recinto funerário. Recebi instruções a respeito de todo um rol novo de obrigações: polir as peças de latão, cobre e prata; lubrificar as dobradiças, as fechaduras, as roldanas das persianas; fazer todo tipo de levantamento. Tinha que contar as peças do faqueiro, contar a louça, contar a roupa de cama, contar o número de lâmpadas na casa, os livros nas estantes. O serviço de contagem foi encomendado diretamente pelo patrão. Na noite anterior a sua partida, cada vez que ele me via, seus olhos se arregalavam e ele me pedia para contar mais alguma coisa. Ao me avistar no corredor, cumprindo alguma instrução anterior, como guardar os cálices de prata em seu estojo, ele dizia:
– Ah! – e me enlaçava com a voz. – Isto... – Tudo entrava em suspensão. Eu esperava enquanto ele limpava a garganta e procurava a palavra que queria. – Sim. Acho que você precisa contar todos os copos que temos. Você precisa aprender a distinguir os diferentes tipos, o formato, sabe como é, e ver quantos temos. Não agora, mas quando eu estiver fora. – Então erguia a cabeça como se estivesse propondo uma questão, como um professor, um *gurunanse*.
– Sim, senhor.
Eu tinha que anotar todas essas tantas tarefas. Observando o senhor Salgado, logo aprendi a importância de fazer listas. Ele era ótimo com listas. Ficava ouvindo *O Micado* e escrevia páginas e páginas de listas: listas de compras, listas

de lavanderia, listas de livros, listas de apostas, listas de afazeres, listas do que não fazer, listas de memórias, listas de consertos, listas de pacotes, listas de registro, listas de despensa, listas de cartas a escrever. Eu as encontrava na escrivaninha dele, nos bolsos das roupas que eu precisava guardar, às vezes perto do telefone e às vezes na sua bolsa, como se fossem amuletos ou poemas favoritos.

Minhas listas, naquela época, eram sempre pequenas: um pedaço de papel rasgado, geralmente uma margem de três centímetros de um jornal velho, arrancada de uma página interna. Eu costumava me sentir culpado até mesmo em relação àquilo, aos meus esforços furtivos de imitá-lo e de me aprimorar, porque os jornais velhos da casa eram vendidos para um catador que passava uma vez por mês. Meus pedaços rasgados para o aprendizado representavam um pequeno prejuízo. Ele chegava com uma cesta na cabeça e, na mão, uma balança envolta em um pano dobrado. Os jornais eram arranjados em pilhas quadradas bem certinhas e amarrados com um barbante sujo cruzado. Cada pilha era pesada e paga. Então, com um mês de notícias bem ajeitadas por cima da cabeça, ele se levantava e ia embora. O conhecimento que podia ser acondicionado naquela cesta era humilhante; tudo o que tinha acontecido no mundo todo durante um mês inteiro. Às vezes eu usava um envelope velho tirado do cesto de palha no escritório. Escrevia a lista a lápis e guardava no bolso da camisa.

 Na noite em que deveria contar os copos, eu estava cada vez mais ansioso; minha lista estava ficando difícil de organizar. Eu gostava de mantê-la limpa, escrevendo apenas de um lado com letras cuidadosas, espaçadas de maneira uniforme. Foi assim que aprendi a escrever. Não gostava de espremer as palavras nem de incluir uma linha onde não devia haver nenhuma. E como os jornais eram muito finos, não gostava de escrever dos dois lados. Faço muita força quando escrevo, e o outro lado do papel sempre fica marcado. Também não gosto de ter mais de uma lista, diferentemente do senhor Salgado. Mas, naquela noite, correndo de um lado para outro, ouvindo suas indicações desajeitadas (seus ahs e hmms, as pausas, as instruções), acabei ficando com coisas demais para fazer. Se aqueles eram exercícios para me estimular, para desenvolver minhas habilidades de classificação e de matemática, estavam correndo o risco de falhar completamente.

Apesar de ter freqüentado as melhores escolas de Colombo, o senhor Salgado se considerava praticamente autodidata. Vinha de uma linhagem de pessoas que acreditavam na construção do próprio futuro. Para ele, não existiam limites para o conhecimento. Estudava mosquitos, mangues, corais marítimos e todo o universo intumescido, e desde o começo já escrevia longos artigos sobre tudo. Escreveu sobre as legiões submarinas, a transformação da água em pedra (o ciclo da luz, do plâncton, do coral e do calcário), a praia que cedia terreno para o mar. Às vezes eu irrompia no escritório quando, com a caneta na mão, ele estava prestes a completar algum cálculo milagroso.

– Perdão, senhor – eu dizia, e ele me fazia um sinal para que ficasse quieto.

– Olha, será que você sabe quantas estrelas existem no céu?

Eu sacudia a cabeça.

– Não, senhor.

Ele assentia e sorria para si mesmo.

– Elas já foram contadas, sabe, mas ninguém é capaz de contar o número de pólipos que nos rodeiam no mar.

Na manhã em que estava marcada sua partida para o interior, tive a permissão de servir o desjejum. Levei para ele a banana-da-terra, o ovo quente, a torrada, a manteiga e a geléia de abacaxi, tremendo de verdade. Estava perdido em pensamentos profundos. Quando voltei para levar o prato embora, ele olhou para o teto e falou como um sábio:
– Você precisa tomar conta deste lugar.
– Senhor?
Mas, antes que eu pudesse dizer qualquer outra coisa, Joseph apareceu, esfregando a cabeça com a palma da mão, nervoso.
– Está tudo pronto, senhor.
Mais tarde, naquela mesma manhã, Lucy-*amma* também partiu, para sua visita anual à família.
– Então, não deixe de comer um pouco de arroz todos os dias. Joseph lhe dará comida. Há dinheiro na lata de biscoito para comprar alguma coisa no *kadé* – ela disse, amarrando seus pertences com uma toalha de mesa velha.
– Ele não vai me dar nada, eu sei que não vai. – Eu detestava a idéia de depender dele. – Ele tem inveja de mim, vai querer que eu morra de fome.
– Não seja idiota, menino.
Carreguei a trouxa dela até o quintal. Tinha cheiro de arroz cozido e leite de coco, igual a ela. Equilibrou tudo em cima da cabeça, igual ao catador de papel, o homem das garrafas, o mascate, e desapareceu pela nossa alameda mágica afora. Eu me senti em uma arapuca. O sangue pulsava na minha cabeça só de pensar que não tinha mais ninguém em casa, no mundo todo, além de Joseph e eu. Minha vontade era correr e correr em volta do jardim, em um círculo infinito, igual a um cachorro louco, cada vez mais rápido, para que Joseph nunca conseguisse me alcançar, mas em vez dis-

so fiquei esperando no portão, o mais afastado possível da casa, e esfreguei minha pulseira de rabo de elefante para atrair a boa sorte.

O que mais me repugnava em Joseph era o poder que ele tinha sobre mim, o poder de fazer com que eu me sentisse impotente. Não era um homem grande, mas tinha a cabeça comprida e retangular, como uma máscara de demônio. Seu rosto era carregado, e o queixo se projetava para frente, fazendo com que a cabeça parecesse separada do corpo. Um coração sombrio comprimia os músculos por baixo da pele de seu rosto, numa permanente careta. Tinha mãos grandes, que apareciam do nada. E como eu sempre tentava evitá-lo e nunca erguia o olhar para ele, a visão de suas mãos, repentinamente em uma maçaneta ou esticando-se para pegar um pano, era aterrorizante. As mãos, assim como a cabeça, sempre pareciam extracorporais. Eu tinha certeza que um dia se encontrariam em volta da minha garganta. Mas as unhas eram saudáveis; ele cuidava de suas unhas. Não sei onde aprendera a zelar por elas, mas talvez ele também tivesse aprendido alguma coisa com o nosso senhor Salgado.

Quando as nuvens chegaram e eu senti o cheiro da chuva se soltando no ar, voltei para a casa. Eu não sabia o que mais podia fazer: ele estaria em algum lugar, esperando, cheio de maldade.

A cozinha estava imersa em escuridão. As janelinhas próximas à pia não deixavam entrar muita luz, e, como o lugar estava vazio, as outras portas permaneciam fechadas. Eu não queria acender as luzes e chamar atenção para mim; em vez disso, fui tateando pela borda da mesa lateral até chegar ao balcão em que Lucy-*amma* cortava os alimentos. Embaixo dele, encontrei uma cesta de chalotas. Rapidamente, abri uma delas com os dentes e esfreguei na mão. Então a coloquei dentro da camisa para me proteger. Se ele se aproximasse de mim, eu a enfiaria na sua cara, ou esfregaria nele. Não era pó de pimenta, mas faria com que ele ficasse longe de mim. Eu precisava estar preparado para qualquer coisa. Eu me escondi nos fundos. Nossa parte da casa (a cozinha, a despensa, o quarto de Lucy, o de Joseph, os espaços entre a ala dos empregados e a varanda de trás) estava sempre cheia de tranqueiras: antigas cadeiras surradas pelo uso, caixas de transporte vazias, um armário empenado encostado em uma parede, onde eu escondia minhas poucas posses, um refrigerador cromado todo enferrujado, escovas carecas e pás de lixo comidas pela ferrugem, um liquidificador elétrico dilacerado, um rádio com a parte da frente afundada em um ferro grande e escurecido. Todos os restos da vida da cidade pareciam ter sido largados ali por uma maré. Mas era confortável.

A chuva caía em pequenas gotas que rasgavam as pétalas das flores do jardim. Imaginei Joseph lá fora, ensopado até os ossos, pegando friagem, pneumonia, alguma coisa mortal: uma doença da mente. Em cada fiozinho de chuva, eu enxergava uma mensagem dos deuses para ele, dos meus deuses. Dava para vê-los no céu, apinhados em uma jangada de bambu em um lago azul rodeado de montanhas ondulantes, segurando lanças de prata e espiando através dos furinhos nas nuvens à procura de Joseph, determinados a destruí-lo.

– Aqui, coma isto – Joseph jogou um pacote de arroz pré-cozido e *curry* na cadeira ao meu lado. – Eu vou sair hoje à noite. – Por causa do barulho da chuva, eu não tinha ouvido ele chegar por trás de mim. – Sairei quando a chuva parar. Feche as portas e fique atento. Durma dentro de casa.

Eu não fazia idéia do tipo de lugar que ele freqüentava, mas fiquei feliz da vida. Desejei que a chuva parasse imediatamente: em vez disso, começou a cair com mais força ainda. O som foi aumentando em um crescendo. A água penetrava no solo. As calhas transbordavam, e parecia que ondas lavavam as laterais da varanda; o escoadouro se transformara em um rio. Joseph desapareceu para dentro de seu quarto, e eu voltei às minhas orações: tentei fazer com que a chuva parasse.

"Dê um tempo: deixe que ele se vá, que saia de casa, e então se destrua de modo que ele nunca, jamais retorne. Deixe que ele se afogue enquanto estiver caminhando, rodopiando na chuva com aquele queixo protuberante."

À noitinha, a chuva cessou. Joseph saiu com uma camisa cor-de-rosa toda bacana. A primeira coisa que fiz foi atacar o pacote de arroz; eu estava morrendo de fome, mas não quis comer enquanto ele estivesse por perto. Eu não queria lhe dar a satisfação de me ver babando em cima da comida que ele providenciara, mas babar foi o que fiz. Eu não comia nada desde o início da manhã, quando Lucy-*amma* tinha me dado um pouco de pão, que eu comera com um pouco de manteiga que tinha sobrado em um dos pratos do desjejum. Enfiei tudo na boca, um punhado atrás do outro.

Aquela foi a primeira noite em que fiquei sozinho em casa: nossa enorme casa de cidade com suas persianas de bambu, superfícies de fórmica e tapetes de náilon. Era uma casa escura; as luzes nunca chegavam a iluminar tudo, nem mesmo quando estavam todas acesas. Até mesmo a maior lâmpada, um enorme globo transparente na sala jantar, parecia eclipsada pelo espaço que precisava iluminar: mal dava para discernir o teto e, em alguns cantos, as sombras alongadas da mobília confundiam-se. Eu sempre sentia que o lugar era maior do que sua forma, que cada aposento se estendia além do que eu era capaz de enxergar, que a casa em si se estendia além do que eu era capaz de saber, como se cada aposento tivesse um aposento-sombra em que apenas as sombras podiam entrar e onde rituais secretos de ciências peculiares (oceanografia, sexologia) eram praticados.

Sentei-me nos degraus da frente e conferi a lista de coisas a fazer para o meu senhor Salgado. Pela primeira vez, senti que estava em paz naquela casa. Não só por causa da calma lá dentro, do silêncio de uma casa vazia, mas também por saber que Joseph não estava circulando por lá. Por saber que eu não iria me deparar com ele em um canto escuro. Nem vê-lo reluzente embaixo de alguma luz, com seu sorriso maldoso. Por não ter sua presença para estragar a minha vida.

No final, não fiz nenhuma das tarefas que deveria ter feito. Planejei o que precisava fazer mas me perdi em devaneios, imaginando a vida naquela casa para sempre sem Joseph. Senti que podia passar a vida crescendo naquela casa, transformando-me em alguma coisa. Eu sentia que o senhor Salgado me ajudaria. Eu também sentia, já naquela época, que o senhor Salgado se daria melhor se só tivesse a mim ao seu lado. Joseph não era o homem certo para ele. Joseph devia ficar preso em cima de alguma palmeira, no alto de um *toddy*, alegrando os demônios, como o restante de sua gente. Ele fazia a casa parecer estranha e desequilibrada. Eu sentia que ele tinha o desejo de violentar tudo na casa do senhor Salgado, como um bêbado ressentido das coisas que não conseguia alcançar, especialmente a sobriedade daqueles que se erguiam quando ele caía. Eu achava que podia mudar aquilo; suavizar a casa e cultivar nossa vida até que desse frutos. Talvez até a perfeição. Parecia possível naquela época. Eu me senti mais seguro do que nunca. A silhueta das árvores e dos arbustos no jardim, o brilho no céu das lâmpadas a gás da rua principal pareciam meus e só meus, embelezados pela familiaridade. Eu não sabia o que acontecia muito além da nossa alameda. Eu conhecia o *kadé*; o quiosque de chá rua acima, algumas lojas no cruzamento, e já tinha estado no mercado, mas o resto da cidade, o que significa estar em uma cidade, era para mim um mistério. Eu não fazia idéia do quanto não conhecia a cidade, a *cidade adormecida* do senhor Salgado, além das poucas ruas que tinha visto. Não podia imaginar para onde Joseph teria ido. Será que era algum lugar no coração de Pettah? Um bordel? Uma alcova na área portuária? Que tipo de lugar? Naquele tempo não tínhamos televisão, e eu não tinha lido nenhum livro a respeito da vida na cidade em que morávamos. Apenas os jornais me davam alguma noção, mas não o bastante para que eu desse forma ou sentido ao lugar. Eu lia a respeito de tumultos em tabernas, tráfico de drogas; dramas de tribunal a respeito do preço das cebolas; o escândalo Profumo que sacudia a Inglaterra. Mas não conseguia visualizar a disposição do terreno, a verdadeira geografia da cidade ou o mar entre os países. As poucas fotografias granuladas em preto e branco nos jornais formavam um mundo de sombras de grinaldas petrificadas, políticos insensatos sorridentes e caixas gnômicas enfeitiçadas. Eu não tinha nenhuma abertura verdadeira para o mundo exterior; apenas paredes por todos os lados, às vezes pintadas, às vezes com afrescos (pessoas, narrativas, ícones) ou um mural para me enganar completamente, mas nada de verdade. Eu estava aprisionado dentro do que era capaz de enxergar, do que era capaz de ouvir, dos lugares até onde podia caminhar sem me afastar de minhas fronteiras indefinidas, e do que conseguia me lembrar do que tinha aprendido na minha escola com paredes de barro. Minha cabeça era como um balão que só tinha alguns sopros de ar dentro de si. Não o suficiente para flutuar no céu; não hélio, mas o ar mais triste e mais mortal possível, que só me permitia circular um pouco e esbarrar em cadeiras e banquinhos de apoiar os pés e dormir encolhido no chão. Mas pelo menos não tinha ficado totalmente deformado pelo rancor que tanto prevalecia ao nosso redor, no nosso mundo em geral.

– A política da raiva é senhora de toda a nossa indústria – o senhor Salgado costumava dizer para caracterizar a época e a contenda por poder em todos os lugares.

A manhã seguinte foi a melhor de minha vida. O sol esquentava o meu rosto. Ninguém gritava comigo. Eu não tinha que bater farinha, nem ralar coco, nem picar cebola. Nada, nem dos vizinhos, nenhum som de rádio, nenhum ruído de batidas ou água escorrendo da lavagem de roupas. Ninguém gritando para anunciar algo nem cuspindo. A casa estava completa e totalmente vazia. Um nirvana delicioso e completo. Era como se Joseph nunca tivesse estado lá.

Mas ele inevitavelmente se intrometeu nos meus pensamentos. Imaginei-o em algum buraco desprezível na parte mais miserável da cidade, devorado por feiticeiros e bandidos. Até assassinado: algum milagre em que os meus desejos tivessem sido captados pelos espíritos da cidade e executados por algum outro agente. Será que eu tinha me deparado com algum mantra mortal? Uma maldição desavisada? Quando, no meio da manhã, eu ainda não o tinha visto, senti-me radiante. Tinha certeza de que os deuses tinham intervindo em meu nome.

Se Joseph estivesse morto, então tudo estaria mesmo nas minhas mãos. Só faltava mais um dia para o senhor Salgado voltar, e havia muito a ser feito. Percebi que era melhor terminar todas as tarefas que ele me dera para comprovar que eu era o sucessor correto e adequado a Joseph. Comecei polindo a prataria. Era um trabalho bem grande: o senhor Salgado tinha um aparador de teca cheio de talheres que pertenceram a seu avô. Servia uma dúzia de pessoas e tinha sido a pedra fundamental da grandiosidade social daquela geração. Também tinha xícaras e troféus escolares e uma jarra folhada a prata. Dispus tudo como se fosse um piquenique sobre jornais espalhados embaixo da frangipana no jardim e me pus a trabalhar. O cheiro do líquido para lustrar parecia quase nutritivo: um odor suculento de feno-grego e lentilhas vermelhas. O líquido penetrava por baixo das minhas unhas à medida que eu o esfregava no metal, cobrindo-o com uma espécie de pele branca empoada e granulada, e removia tudo com um trapo preto, depois um jornal, e depois outro pano, polindo e esfregando, xingando, até que as peças brilhassem como o sol liquefeito no gramado. Ah, se o patrão chegasse naquela hora, ia ver como eu estava me virando bem com as coisas que ele mandara fazer. Eu faria qualquer coisa para ele, se pudesse ficar na casa sozinho... sem Joseph.

    Minha vida até então tinha sido a mesma coisa que a vida de todos aqueles que abandonam o lar infeliz, a família que vivia discutindo, seu hospício claustrofóbico na margem de um rio, e irrompem em um mundo todo novo que toma forma além das fronteiras de seus sonhos, para poder ali brilhar pelo menos por um instante como uma estrela na noite. Mas com o meu senhor Salgado, eu achava que poderia descobrir algo mais, algo que pudesse mesmo transformar o mundo e fazer nossa vida valer a pena. Lustrei a prataria, contei o faqueiro, fiz tudo que ele me pediu, torcendo para ver o cadáver de Joseph. De que cor seria? Lívido? Cinzento? Sem toda a água e o enchimento interno, será que ficaria igual a um saco largado e murcho? Tirando sangue, as coisas que exsudam e a alma que precisa deixar o corpo como qualquer outro parasita, o que sobra (no caso de Joseph) deve ser bastante inútil: uma bolsa de couro murcha. Osso, cartilagem, carne podre e gordura. Eu nunca tinha visto um cadáver em estado natural. Não era comum na nossa região, naquela época. Nossas barbaridades eram chocantes porém domésticas: o desmembramento de um marido adúltero, de um homicida bêbado; ocasionalmente ácido lançado em um acesso de ciúme perto das áreas mais urbanizadas onde a comunidade não tinha influência, ou onde havia proteção por privilégios políticos. Mas naquela época não havia esquadrões da morte, não havia brutamontes tão habituados a matar que só sentiam prazer quando viam alguém se contorcer frente a uma sucessão de balas. Na minha infância, ninguém sonhava em deixar um corpo apodrecendo no local onde fora abatido, como precisaram aprender a fazer em épocas mais recentes.

 À tarde, o sol ficou mais quente do que estivera em algum tempo; voltei para dentro de casa. Sentei-me à janela panorâmica da frente, com as persianas de bambu meio erguidas. O piso da casa estava fresco, à exceção dos locais onde o sol batia diretamente. A brisa soprava através das janelas de parapeito baixo e por sob os tubinhos esverdeados das persianas. O som da brisa passando já era refrescante por si só. Era nossa versão dos jardins aquáticos que se encontram nos países mais rarefeitos, ou no nosso próprio passado arqueológico mais refinado. À sombra, observei formigas se arrastando por um degrau quente; pequenos besouros pretos disparando por um descampado; solados marchando colina acima e guerreiros de algum lugar paradisíaco cheio de arbustos descendo para proteger as raízes de uma sebe de algodão. Lembro-me dos coqueiros da minha infância, o som do vento através das folhas de palmeira. Ar simples, puro, sem morte. Mais do que tudo, eu sentia falta da proximidade do tanque (o reservatório). Os marulhos da água escura, as folhas de lótus farfalhantes, o ar fresco agitando tudo e os biguás se erguendo no ar, o deslizar suave de um pelicano. E depois aqueles momentos muito imóveis, quando o mundo parava e apenas as cores se moviam, como a respiração azulada da luz da manhã acendendo o céu, ou a escuridão da noite enevoando o globo; uma cor, um raio de luz recurvada e nada mais. A água ficava lisa como um espelho, e a lua se refletia nela. Ao crepúsculo, quando as forças da escuridão e as forças da luz se igualavam e se equilibravam, não havia nada a temer. Nenhum demônio, nenhum problema, nenhuma imundície. Um elefante embalado com música própria. Uma paz perfeita que parecia eterna apesar da possibilidade de a selva liberar sua fúria a qualquer instante. O tanque era um mar transformado em algo seguro pela imaginação humana, uma ampla extensão de água que assegurava a saúde do corpo e da mente e suavizava a vida sem graça. Faltava água assim na cidade. A casa do senhor Salgado não tinha nenhum corpo d'água à vista, a não ser quando chovia. Mas até a chuva ia embora com rapidez; depois de uma hora, o lugar já estava assando. Um tanque ou um rio forneceriam uma espécie de majestade que eu achava que a casa e nós precisávamos. Um ano depois, eu o convenci (o jovem *mahathaya*) a construir um pequeno laguinho, um tanque de lata, em um canto do jardim. Mas a empreitada não foi um sucesso. A idéia era boa, e ele se eriçou todo quando eu a descrevi:

— Flores *nelum* e lírios, alguns peixes dourados para admirar ao anoitecer.

Ele ficou feliz.

— Certo — concordou —, faça ali no canto, junto da árvore de geléia.

A idéia incendiou sua imaginação, mas quando chegou a hora de concretizá-la, ele foi só teoria e nada de prática. Eu tive de ser o engenheiro, apesar de não entender nada daquilo. Meu erro tinha sido o posicionamento. A árvore de geléia dava tanta fruta que logo o laguinho ficou cheio de frutas podres e folhas mortas. E os morcegos de fruta iam até ali toda noite. Os tufos de lírios ficaram todos respingados com suas fezes, e a água tornou-se imunda. Transformou-se em viveiro de um tipo perverso de mosquito. Eles se alimentavam de mim. Monstros enormes com sugadouro igual à tromba de um elefante. Mas o senhor Salgado ia achando a coisa cada vez mais interessante: principalmente os mosquitos. Fez um estudo a respeito de seu desenvolvimento e escreveu uma tese compreendendo insetos e fezes de morcegos. Posteriormente, expôs suas teorias para um pequeno grupo de estudantes.

— O mosquito... — dizia, e era como se estivesse evocando um deus dos céus. Eu aguçava os ouvidos para não deixar passar nenhuma reverberação de cada palavra que ele proferia. — O mosquito é um animal muito negligenciado. Se não o estudarmos e simplesmente o relegarmos ao DDT, o dano vai ser todo nosso...

Dano... DDT... animal. Aquilo era poesia para mim. Ele até imitava o zumbido dos mosquitos em suas palestras, e aquilo parecia tão sensual quanto o canto de um beija-flor.

Mas, naquele dia, sentado sozinho no chão da janela panorâmica da frente, eu não tinha noção a respeito do futuro. Eu não acreditava de verdade que Joseph estivesse morto, nem que a minha vida melhoraria. Eu queria que aquilo acontecesse e me convenci de que, se agisse como se tivesse acontecido e estava acontecendo, então seria verdade. Que alguma pequena deidade maliciosa interviria com uma flecha triplamente comprida e faria com que o destino seguisse as minhas vontades. O jardim reluzia, e eu até conseguia enxergar miragens do nosso rio de jóias, talvez aquele pequeno tanque *takarang* (ou laguinho) que viria no futuro, pairando sobre a tórrida entrada para carros. Tirei uma soneca no calor da tarde, inchando e me esticando, superando minha inquietação.

Fui acordado por um som na casa. Achei que pudesse ser um dos gatos. A vizinhança era cheia de gatos vadios. Eram espíritos sarnentos, pulguentos e rebeldes. E caçavam os passarinhos que faziam sua casa junto a nós. Meu argumento contra eles era que mijavam em todos os nossos arbustos. Certa vez, encontrei um bichano ruivo no escritório. Gritei com ele, e, em vez de sair pela janela, o gato pulou na direção da porta. O idiota quase se estatelou, porque eu tinha fechado a porta atrás de mim quando entrei. Trazia um cinto na mão, para estalar como um chicote, mas só precisei pegar o animal pela pele do pescoço e jogar janela afora. Seus olhos faiscaram, as fendas se alargando cor de topázio, e ele brigou e chiou e miou, mas nunca mais voltou.

A sala estava do mesmo jeito que eu tinha deixado: um necrotério de mobília coberta com lençóis brancos. Percorri o corredor que dava nos quartos. A porta do quarto do senhor Salgado estava fechada. Fui lá e abri.

Joseph estava na frente do espelho. Seu rosto estava pálido; os olhos vermelhos, inchados. Tinha desabotoado a camisa e esfregava a colônia do senhor Salgado no peito. Havia talco por cima da penteadeira. Ergueu os olhos e me enxergou do outro lado do quarto, refletido no espelho. Assobiou alguma coisa por entre os dentes e se virou com rapidez. Veio na minha direção, sem desviar o olhar de mim nem por um instante. Eu não conseguia me mexer. Engoli e engoli, mas minha boca estava seca. Não conseguia tirar nada de dentro de mim para me mexer. Joseph estava com a boca aberta e a língua inchada entre os dentes. Dava para ver o cuspe em seus lábios formando bolhas. Projetou-se para a frente e me agarrou. Dei um golpe cego com a mão. Se eu conseguisse atingir o queixo dele, sua língua cairia, mas seus braços eram como cintos de aço em volta de mim. Empurrou-me para cima da cama fofa. Estava em cima de mim, duas vezes maior do que eu, espremendo a vida para fora do meu corpo e o ar do meu peito. Seu punho forçando a entrada entre as minhas pernas e abrindo um buraco em mim. Quanto mais eu me debatia, mais forte ele ficava. Mordi o braço dele, e ele quase quebrou as minhas costas. No final, eu desisti e morri. Deixei a vida se esvair do meu corpo, que ficou paralisado. Então, com uma mão, ele desamarrou o sarongue e começou a puxar o pinto torto, pingando. Olhou para ele, e eu escorreguei de baixo dele para o chão. Ele rolou, ainda segurando em si mesmo. Respirava pesado. O corpo dele pulsava. Achei um sapato embaixo da cama e joguei nele. Eu queria gritar, mas não consegui. Não tinha voz. Levantei-me de um pulo e saí da casa correndo.

    Eu queria continuar correndo, percorrer todo o trajeto até as lojas da encruzilhada. Mas eu sabia que, se fizesse aquilo

e Joseph não viesse atrás de mim, eu não saberia onde ele estava. Eu não saberia quando ia poder voltar. Parei no portão. Cada respiração que eu dava parecia fogo; tudo dentro de mim estava carregado. Mas eu não podia fazer nada. Fiquei esperando até ele aparecer. No final, ele veio pela entrada e saiu para a rua. Desapareceu alameda afora. Segui-o até a rua principal e depois ao longo dela, em direção ao mar. Nunca tinha andado por ali. Um ônibus passou, e eu o perdi.
No quarto, a cama tinha sido feita, mas não tão bem quanto deveria. Eu ainda sentia o cheiro dele ali.
Naquela noite, aprendi a identificar cada barulhinho da escuridão. Cada estalo no jardim, cada zumbido na rua principal, cada batida de asa de cada morcego que gritava na árvore de geléia. Fiquei escutando com atenção, apesar de saber que passos mal podiam ser ouvidos na nossa entrada dura. Desejei ter espalhado jornais ou folhas secas por todo lado, ou ter colocado armadilhas de arame para tropeçar, suspensas a dez centímetros do chão, presas a um sino. Mas eu não tinha feito nada disso. E não daria mais para fazer, no escuro, quando ele podia chegar de surpresa de novo.

◆ ◆ ◆

O SENHOR SALGADO estacionou o carro embaixo do pórtico e, apoiando a mão no teto, deu impulso para sair. O carro rangeu quando o peso dele se deslocou; a lateral se inclinou, e ele desembaraçou as pernas compridas.
— Cadê o Joseph?

Eu disse que não sabia.
– Traga-o aqui.
– Ele não está em casa, senhor.
– O quê?
Eu não tinha examinado a casa, mas tinha certeza de que teria sentido se ele tivesse voltado.
– Ele não aparece desde ontem.
Pela maneira como o senhor Salgado olhou para mim, era como se eu estivesse dizendo baboseiras.
– Como assim, ele não aparece?
– Ele foi a algum lugar, senhor. Ele não me disse nada.

Os olhos do senhor Salgado se apertaram, e um pequeno vinco vertical apareceu em sua testa ampla, sugando a pele no lugar em que suas sobrancelhas se encontravam.

– Descarregue isto, então – abriu o porta-malas do carro. Estava cheio de frutas e cocos. – Leve tudo isto... – fez gestos com as mãos – lá para o fundo.

Entrou em casa perdido em pensamentos.

Fiquei me perguntando o que ele sabia a respeito de Joseph.

Peguei os cocos lisos, reluzentes e rosados e um pequeno carregamento de bananas-da-terra para a cozinha. A mala levei para o quarto.

– Quer chá, senhor? Posso trazer?

Ele me olhou de cima a baixo, como se eu fosse um desconhecido completo. Então, alguma coisa se acendeu em sua mente.

– Sim. Traga chá.

Era estranho ser a única pessoa por ali para tomar conta dele, mas eu sabia o que fazer. Ninguém precisava me dizer.

Quando voltei com a bandeja de chá, ele perguntou:

— Então, aonde o Joseph foi?
— Ele foi para algum lugar de ônibus.
— Um ônibus veio até aqui?
— Não, senhor, na rua principal. Ele foi até lá e entrou em um ônibus.
— Você foi com ele?
— Não, senhor. Eu o vi. Eu estava indo até o *kadé*. Não sei por que menti, mas às vezes eu começo a dizer a coisa errada e não consigo parar. Eu queria dizer a ele exatamente o que tinha visto e o que tinha acontecido. Mas era impossível proferir as palavras. Eu não queria ficar marcado por contar (por colocar em palavras) o que tinha acontecido. Aquilo teria estragado tudo. Ficaríamos com Joseph entre nós para sempre. Não era o que eu queria. Era melhor, pensei, deixar sem contar. Quem sabe assim o acontecido se dissiparia. Sem palavras para sustentá-lo, o passado morreria. Mas eu estava errado. Não vai embora nunca; o que aconteceu, *aconteceu*. Fica pendurado nas vestes da alma. Talvez colocá-lo em palavras sirva para aprisioná-lo. Isolá-lo. Depois talvez possa ser colocado em uma caixa, como uma carta, e ser enterrado. Ou talvez nada nunca possa ser enterrado. Eu me senti tenso de pensar no que dizer. Não havia como lhe contar a verdade, por mais que eu desejasse.

No fim da tarde, ouvi a argola do cadeado no portão se fechar. Joseph veio pela entrada, caminhando com uma leve altivez. Um bando de pássaros vôou à sua passagem. Tudo nele era petulante. Trazia um pequeno pacote embrulhado em jornal enfiado embaixo do braço; o sarongue erguido alguns centímetros para que ele pudesse andar como um *chandiya*.

Quanto mais perto ele chegava, mais alto os corvos grasnavam. Senti o vento soprar na direção da casa, os galhos da grande árvore branca inclinados na nossa direção e os espíritos do jardim agrupados em volta dela.

 Eu queria gritar que Joseph tinha chegado, mas nem precisou: o senhor Salgado estava na janela panorâmica da frente, observando-o enquanto caminhava.

– Aonde você foi? – ouvi quando perguntou.
– A Pettah, senhor.

O senhor Salgado estava em pé no degrau. Uma mão no rosto, segurando o queixo entre dois dedos longos recurvados, a outra mão dando apoio para o braço. Ficou observando Joseph em silêncio por um momento.

– Então, o que foi que você trouxe?
– Nada, senhor.
– Então, que pacote é este?

Joseph parecia um tanto vacilante. Do jardim, eu não conseguia enxergar seu rosto, até que ele deu de ombros e se afastou do senhor Salgado. Então vi que estava bêbado. Os olhos dele brilhavam.

– É melhor você ir embora – o senhor Salgado disse baixinho.

Tão baixinho que eu mal escutei. Joseph provavelmente nem ouviu, de tão bêbado. Mas o tom da voz do senhor Salgado, o ângulo de sua cabeça, o seu olhar deixavam a mensagem bem clara. *Saia daqui. Enrole a sua esteira e desapareça.* O senhor Salgado, com sua maneira calma, reservada e sóbria, estava demitindo Joseph. Foi mandado embora. Joseph não compreendeu.

– É melhor você sair desta casa antes do anoitecer. Pegue suas coisas e vá embora. Não quero voltar a vê-lo por aqui.

O senhor Salgado deu meia-volta e entrou em casa. Antes de desaparecer, enfiou a mão no bolso e tirou um rolo de notas. Deixou cair na mesa a seu lado: um mês de salário de indenização, o aviso prévio de Joseph. O curso da vida de Joseph tinha mudado com aquelas três frases curtas. Ele parecia um búfalo cuja cabeça tinha sido cortada com um golpe da espada de Kali: estava morto, mas a cabeça ainda precisava cair, um microssegundo de ilusão e realidade conjuntas. Vivo e morto. O tempo derreteu, pingando a cada respiração dele.

Senti pena de Joseph, apesar de odiá-lo; no momento em que se iniciou sua queda, meus sentimentos começaram a mudar. Como quando a gente está empurrando uma porta emperrada que de repente se abre e dá passagem, só para retomar o equilíbrio e não cair estatelado no nada. Eu me sentia assim em relação a Joseph. Com aquelas poucas palavras calmas, quase inaudíveis, o senhor Salgado tinha revertido tudo em nosso mundo. Não só em relação a Joseph, mas a mim também. Passaríamos por uma revolução. À luz desse dado, Joseph pareceu se transformar, perante meus olhos, de um barril espumante cheio de sapos paralisados em um homenzinho deplorável obcecado pelo mundinho sobre o qual tinha reinado, que agora estava tão bêbado, de cair, que nem conseguia compreender o que estava acontecendo. No final, terminou por coçar a orelha, pegar o dinheiro e sair arrastando os pés em direção à nossa parte da casa. Mas reparou em mim.

Joseph tinha desenvolvido o gosto pelo entorpecimento, creio, fumando pontas de cigarro e enxugando os restos de cerveja e destilados deixados pelos visitantes da Casa de Descanso onde trabalhava antes de ir para a casa do senhor Salgado. Era do tipo que conseguia diluir a garrafa mesmo enquanto servia doses. Mas ele não sabia quais eram seus limites; achava que só por conhecer os hábitos de seus superiores poderia se transformar em um deles. Era uma frustração saber que não existia futuro para gente como ele no tipo de serviço com que sonhava, e aquilo o transformara em um monstro. O sonho simplesmente o engolira: primeiro o cérebro, depois os olhos, a garganta, finalmente o pinto. À medida que foi ficando mais velho, foi ficando também mais insensível, até que ficou só osso e carne: não havia espaço dentro dele para uma consciência, para moralidade, para vida interior. Transformou-se em um idiota, um monstro estúpido. Espíritos malignos infestavam seu coração. O meu senhor Salgado era inocente demais para compreender, mas naquele dia ele teve um vislumbre e tomou consciência, de maneira intuitiva, do que precisava ser feito.

Eu não disse nenhuma palavra a Joseph. Entrou no quarto dele, e eu escutei quando fez as malas. Um pouco depois, voltou para dentro da casa. Ouvi quando ele falou com o senhor Salgado; eu não conseguia distinguir as palavras. Parecia que o senhor Salgado não respondia nada. Quando Joseph voltou a sair, cuspiu aos meus pés.

– Seus canalhas, vocês vão comer merda um dia destes, merda.

Virou-se e desapareceu, amaldiçoando a casa, jurando enterrar caveiras de macaco e entranhas de porco no nosso jardim.

O senhor Salgado me chamou mais tarde, naquela mesma noite. Ia sair para comer. Lucy-*amma* ainda não tinha voltado. Perguntou se Joseph tinha ido embora.

– Sim, senhor – respondi. – Pegou todas as coisas dele e se foi.

– Ele não vai voltar – o senhor Salgado olhou para mim. – Você consegue dar conta de tudo?

Assenti com a cabeça, sem nem mesmo entender o que ele queria dizer, a não ser que o meu sonho estava se tornando realidade.

– Então, você vai cuidar da casa inteira.

Eu me senti estarrecido pela responsabilidade.

– Senhor, não sei fazer *tudo*. Pode ser que precise de *alguma* ajuda.

Abaixou a cabeça e deixou que a sua voz nos envolvesse a ambos.

– A Lucy vai cozinhar, mas é melhor que você aprenda com ela – disse. – Você não vai ter dificuldade de aprender. Já percebi. Você é um *kolla* inteligente. Realmente, devia ir à escola...

– Não, senhor – eu tinha certeza, naquele momento, que não havia nada que uma escola lotada e desnorteante pudesse me oferecer que eu não fosse capaz de encontrar em sua residência graciosa. – A única coisa que preciso fazer é observá-lo, senhor. Observar o que o senhor faz. Assim eu posso aprender de verdade.

Ele suspirou, libertando-nos lentamente para o futuro.

– Veremos.

Então eu o observei, observei-o infinitamente, o tempo todo, e aprendi a ser o que sou.

II
A alegria de cozinhar

Por todo o globo, revoluções eclodiam, dominós tombavam e a guerra de guerrilhas atingia a maioridade; a primeira primeira-ministra do mundo (a senhora Bandaranaike) perdia seu espetacular pioneirismo em nossa pequena ilha, e eu aprendia a arte de cuidar bem de uma casa. Sam-Li, do número 5, mostrou-me como refogar uma cebola e transformá-la em uma flor flutuante. Na casa vizinha, o filho mais novo do doutor Balasingham, Ravi, obcecado pelo velho-oeste americano, educou-me a respeito dos apaches no quintal de trás da casa de seu pai. Ele gritava *Gerônimo!* e atirava as flechas em que eu colocara pontas de pregos amassados, enfeitadas com penas de *bul-bul*. Uma vez ele me acertou na cabeça: um bom meio centímetro de prego entrou no meu crânio, fazendo um buraco que sinto até hoje, em momentos de estresse. Para retribuir o fato de eu me fingir de morto e outros exorcismos menores, ele me deixava devorar seus livros escolares e seus textos de inglês. Ele tinha um *guru* particular que imitava, coçando o saco e me dando bronca por eu ser tão lerdo, ao mesmo tempo em que exaltava as virtudes dos papagaios e mainás de asa cortada engaiolados na casa dele, bem mais inteligentes do que eu. Aquilo não me incomodava; eu aproveitava nossos encontros bem mais do que ele poderia imaginar.

O mascate parou de fazer visitas depois que Joseph foi embora, mas os outros vendedores continuaram a exercer suas funções ao portão e, com o tempo, aprenderam a me tratar como aquele que comandava a casa. Lucy-*amma* tinha voltado para sua então extensa conurbação na selva. Eu comecei a dividir meu cabelo no meio e cresci em estirões, maravilhado com a magia do meu avanço dentro da casa.

O amigo mais próximo do senhor Salgado era o senhor Dias Liyanage. Ele o conhecia desde o tempo de escola. Dias tinha se tornado representante do governo, seguindo os passos do pai, depois da faculdade. Seu pai estivera envolvido no programa de festejos para a Rainha quando ela veio da Inglaterra pela primeira vez, e Dias sempre se gabava de ter conversado com ela e viajado em sua companhia durante todo o trajeto até Polonnaruwa, usando *shorts*. Contava muitas histórias que faziam o senhor Salgado rir daquele jeito reservado dele.

— Mas, Dias — ele caçoava —, naquela época você já devia estar fazendo a matrícula!

Dias fazia cara de surpresa.

— O quê? Não, não, não — fazia uma pausa, então reconhecia: — está certo, então eu já estava com dezesseis anos, metido nas calças compridas da faculdade — ele esticava o pescoço para fora do colarinho, igual a uma tartaruga, e meneava a cabeça enquanto ia compondo mais uma história mirabolante na garganta.

Certa noite, apareceu com uma enorme pasta de couro embaixo do braço. Estava amarrada bem apertada com uma fita vermelha.

— Triton, onde ele está?

O senhor Salgado estava no escritório. Entrei e o chamei.

– Então, como é? – Dias disse, quando entrou sem pressa no escritório. – Já teve alguma notícia?
– Que tal uma bebida primeiro?
– Só uma então. Certo.

Eu levei uma garrafa de cerveja bem gelada e servi até a boca em dois copos altos.

Dias me deu um largo sorriso.

– Está boa e gelada, hein, Triton? Muito bom, muito bom. – Pegou o cigarro e deu um longo gole. – Ah, *que maravilha*. Então, aqueles chatos já falaram alguma coisa a respeito do projeto? Vamos fazer o trabalho? Ou aquela Fundação sua está esperando para ver para onde o vento sopra?

Seus ombros sacudiam quando ele ria, e sua cabeça se agitava para todos os lados, igual a uma bola saltitante, soltando pequenas nuvens de fumaça de cigarro. Ele tinha uma risada soluçante que explodia com freqüência cada vez maior quando estava com o senhor Salgado. Estava sempre alegre, nosso querido Dias-*mahathaya*. Bem diferente do senhor Salgado. Ele era fisicamente menor, mas como falava muito e era tão efervescente, parecia preencher mais espaço. Fumava sem parar, e uma espuma de palavras agudas, murmúrios e, é preciso dizer, arrotos enfumaçados incontroláveis borbulhavam dele. Os amigos achavam aquilo adorável e às vezes o chamavam de "Andrews", em alusão aos sais para o fígado que usavam para se desintoxicar depois das extravagâncias de um fim de semana.

– Você não vai acreditar, mas fiz um pequeno passeio de barco na semana passada, em Hikkaduwa. Era um negócio com fundo de vidro. É incrível, como você diz, aquela coisa toda embaixo d'água. Fiquei com vertigem só de olhar.

Eu não fazia idéia de que tinha tantas formas fantásticas. Alguns daqueles peixes são mesmo extraordinários, hein? O senhor Salgado assentiu com a cabeça.
— Precisamos ir mais para o sul – ele disse. — Passando de Galle, é uma coisa do outro mundo. Fabuloso. Mas está tudo indo embora. Preciso levá-lo até lá antes que desapareça por completo.
— Trouxe para você alguns documentos produzidos pelo nosso pessoal nos pesqueiros. Também falam a respeito desse negócio de coral.
O senhor Salgado desamarrou o enorme nó cheio de voltas e abriu a pasta. Folheou as páginas.
— Veja bem, levantamentos têm sido feitos desde a década de 1880, mas acho que ninguém compreende realmente o que está acontecendo. O coral cresce com a mesma rapidez que as suas unhas. Mas qual é a velocidade de seu desaparecimento? Ninguém sabe!
— Como assim, por causa de explosões com dinamite e tudo o mais?
— Qualquer coisa! Explosões, mineração, pesca com rede. — O senhor Salgado deixou a pasta cair na mesinha lateral. — Veja, este pólipo é mesmo muito, muito delicado. Sobrevive há éons, mas até uma pequena mudança em seu ambiente *imediato*, até mesmo se você for lá e mijar no recife, pode matá-lo. Então, a coisa toda vai desaparecer. E se a estrutura for destruída, o mar toma o seu lugar. A areia cede. A praia desaparece. Esta é a minha hipótese. Veja bem, apenas a pele do recife é viva. É carne de verdade: *imortal*. Autorenovadora. — O senhor Salgado jogou as mãos para cima. — Mas quem se importa?
— É por isso que precisam de você, cara: a Fundação. Até o governo. O ministério. Senão, algum louco simplesmente

vai lá emporcalhar tudo. – Dias acendeu outro cigarro com a ponta brilhante do anterior. – Uma porcaria completa, hein? Essa foi boa, não foi? – Dizem que têm alguma verba, mas eu ainda não me decidi a respeito disso.
– Não seja tolo, Ranjan. Você precisa fazê-lo. Depois de todos aqueles documentos e tudo, a carta que você escreveu para aquele ministro *gonbass*. Você deve isto ao país, não é mesmo, cara? Você não pode simplesmente deixar para lá agora.

O senhor Salgado se recostou na cadeira e esfregou os lábios com dois dedos unidos, estendidos, como se estivessem sentindo de modo remoto os contornos internos de sua boca.

– Mas você sabe, se essa coisa se transformar em algo, algum político poderoso vai querer colocar as mãos gordas em cima dela. E daí eu vou ter que ficar pedindo favores e fazendo favores todos os dias. Vou passar a vida toda bajulando e cozinhando em banho-maria. Puxando o saco e me mascarando, quebrando cocos, cortando arroz, buscando apoio por todos os lados. Por que é que eu ia querer fazer isso? Eu não quero me sentir em dívida com ninguém. Posso viver bem sem isso.

– Quanta bobagem, cara. Aquele pessoal tem seus próprios problemas. Com a desvalorização do ano passado, e agora essas negociações do conselho distrital, o que você acha? Eles só querem algumas histórias de sucesso. Para mostrar que este país finalmente está chegando ao século XX. Um Land Rover, algum relatório de peso. É política, não é? Só isso.

– Você sabe, eu sou só um amador nesse ramo. E ninguém sabe muito a respeito disso.

– É isso. É exatamente isso.
– Preciso pensar mais um pouco sobre o assunto.
– Às vezes, Ranjan, você pensa um pouco demais.

Chegaram ao fim da cerveja, e o senhor Salgado logo quis restaurar a si mesmo e o senhor Dias com outra garrafa e depois um prato fumegante de panquecas de arroz com *curry* de peixe e pimenta vermelha bem ardida.

Eu tinha me transformado em especialista na cozinha. Apesar de usar a mão como espátula para fritar bolinhos de peixe no óleo quente, a junta do meio do meu dedo mindinho direito era sensível como um tubo de mercúrio para avaliar a temperatura perfeita da massa da panqueca de arroz. Eu também era bastante bom para fazer *curry* às pressas. Um bom prato de salmão vermelho podia chegar à mesa em exatos doze minutos, e os dois iam adorar.

A farinha estava úmida naquela noite e precisou ser esquentada em uma assadeira de metal antes de ser peneirada. Eu a estava juntando com um cone de papel quando o senhor Salgado entrou. Ele perguntou o que eu estava fazendo. Disse que estava preparando panquecas de arroz para o jantar.

– Não se preocupe – disse. – Dias-*mahathaya* foi embora.

Fiquei surpreso, mas fingi que não tinha ficado e dei de ombros.

– E o que o senhor vai querer?
Ele sacudiu a cabeça.
– Não quero comer.
– Mas, senhor, coma alguma coisa – eu disse.

Ele refletiu durante um instante, observando a cozinha. Viu meu pequeno pagode de recipientes de palha para

cozimento a vapor no balcão lateral, prontos para as panquecas. Uma sombra pareceu cobrir seu rosto.
— Sanduíche — terminou por dizer. — Traga apenas um sanduíche.

◆ ◆ ◆

APESAR DE SUA apreensão, o senhor Salgado aceitou o serviço. Logo começou a se ausentar da casa de maneira regular. Saía em seu carro que rugia às oito e meia da manhã e só voltava por volta de quinze para a uma; eu o alimentava; ele desaparecia em seu quarto para tirar um cochilo e então, normalmente em algum momento depois das duas, voltava para o escritório. Às vezes ia mais longe, deslocando-se até seu observatório no litoral. Passava dias fora, passando pela cidade natal de Joseph e prosseguindo até o extremo sul, onde a terra faz uma curva e começa a subir de novo: a região encantada dos exorcistas, dos dançarinos diabólicos e dos elefantes selvagens da época ainda anterior ao aparecimento do bom senhor Buda para nos libertar de nossos demônios dementes. Nessas ocasiões, eu tinha bastante tempo para mim mesmo: o mundo perdia suas fronteiras. Havia muito a fazer. Aprendi logo que a natureza segue seu curso, a menos que trabalhemos com afinco: as coisas saem do controle. Os quartos se enchem de poeira, as portas perdem as dobradiças, a cozinha fica coberta de bolor negro, e é preciso encontrar o caminho em meio à escuridão. Mas descobri que eu conseguiria manter a ordem em algumas horas e ainda encontrar tempo para uma vida de prazeres simples. O doutor Balasingham, vizinho de muro, tinha prudentemente emigrado com a família para um chalé nos Apalaches, nos Estados Unidos, e eu perdi meu companheiro com cocar de penas. Mas não fazia mal. Tinha progredido na leitura. Passava muito tempo no escritório do meu patrão, espiando suas *Seleções do Reader's Digest* e revistas *Life*, seus almanaques. Havia uma mesa baixa próximo às prateleiras, e, depois do banho, ele se sentava sobre ela com as pernas cruzadas e um livro no colo. Dava para sentir o ar se mover quando ele virava uma página, cada uma das fatias de papel captando a luz com um toque de limão. Eu também gostava de ficar sentado, liberto, em um quarto só para mim, vazio de todo o passado, sem nada dentro, sem nada em volta, sem nada além de uma voz presa ao papel, um padrão de marcas entrando na minha própria imobilidade. Sentindo alguém gravando a matéria cinzenta macia do meu cérebro, escrevendo na água e reverberando na minha mente. Eu mergulhava, a pele do livro raspando na pele do meu polegar e indicador. Absorvendo uma idéia atrás da outra, eu esquecia onde uma começava e outra terminava. O único som era o do papel fino farfalhando de uma história a outra como árvores ao vento em um pomar de verão.

Mas eu também ansiava pelo mundo real; queria ver o famoso oceano do senhor Salgado e a vida além do portão do nosso jardim. Tive minha chance no dia em que o senhor Dias caiu dentro de um bueiro.

Aconteceu bem na frente da nossa casa. Um bangalô novo estava sendo construído nos 75 metros de terreno baldio próximo ao número 10, e tinham cavado um buraco que se estendia até a alameda. Havia tábuas de madeira espessas dos dois lados. Dias, em vez de caminhar no meio da rua como qualquer pessoa sensata faria, tinha se dirigido para a beirada. De repente, os dois alsacianos do número 10 correram até o portão, aos berros, e o senhor Dias saltou como uma lebre; dois segundos depois, escorregou e caiu no buraco. Tive que ir ajudá-lo. Ele estava coberto de lama vermelha espessa e xingava como eu nunca o vira fazer antes: "Merda, merda, merda. Caralho de porra de merda".

– Que buraco cheio de merda – disse para o senhor Salgado quando entrou em casa. Parecia tão mal-humorado que era como se fosse outra pessoa.

– Um poço de merda de verdade! – disse para mim.

O senhor Salgado anunciou:

– Vou levar o Dias-*mahathaya* até o observatório, você vem junto.

Eu perguntei a ele:

– Senhor, o que devo levar?

– Apenas as coisas normais.

Mas o que *normal* queria dizer? Não havia nada normal em morar naquela casa extraordinária, fadada ao esquecimento e nada mais, até onde eu sabia.

– Mas, senhor, eu vou cozinhar ou o quê?

Normalmente, quando ele ia sozinho, eu só mandava suas roupas: suas calças cáqui confortáveis, a camisa amarela de trabalho, calções de banho, cuecas e meias brancas; as botas marrons fortes para caminhada em uma sacola separada. Quando ele estava sozinho, ficava em uma Casa de Descanso próxima. Mas como estávamos indo todos, eu não tinha muita certeza de como seria a organização.

– Sim, você vai ter que cozinhar. Wijetunga só tem um *kolla* pequeno lá. É melhor levar roupa de cama e essas coisas também. Vamos todos ficar no bangalô.

Eu tinha que levar condimentos também, farinha, óleo, o básico, em uma caixa de papelão. Cerveja e água, chá, leite em pó, açúcar. Uma geladeira com bacon e manteiga. Minha frigideira, minha faca de açougueiro: era tanta coisa... Eu queria me assegurar de que tudo funcionaria perfeitamente no lugar para onde estávamos indo, fosse onde fosse.

Quando Dias reapareceu, depois de um banho e de ter trocado de roupa, o senhor Salgado nos reuniu e começou a fazer perguntas: a maior parte das coisas eu tinha separado para levar, mas havia algumas poucas, como sua Leica e seu rádio, em que eu não tinha pensado; ele é que tinha de decidir a respeito delas, não eu. Corri de um lado para o outro reunindo coisas e tralhas de tudo quanto é lugar e empilhei tudo embaixo do pórtico: uma pequena montanha de civilização portátil garimpada da velha casa e pronta para ser armazenada na traseira do Land Rover.

O senhor Salgado gostava de arrumar pessoalmente o interior do veículo. Abriu a traseira e começou a colocar as caixas lá dentro. Eu o ajudei.

– Não, coloque isto ali no canto... Muito bem. Agora, coloque este aqui.

Era um trabalho de mestre. Ele sabia exatamente quais formatos se encaixavam para aproveitar melhor o espaço. Minha montanha de objetos desapareceu em uma geometria de armazenamento menor do que uma cama de acampar, tudo planejado na cabeça dele.

Dias estalou a língua em sinal de aprovação.

– *Sha!* Ótimo arranjo. Como foi que você conseguiu enfiar tudo isso aí, cara! Você é um gênio de verdade.

– Certo, Dias, você está pronto?

– Pronto para qualquer coisa. Vamos ver esse diabo desse seu mar.

O senhor Salgado então olhou para mim.

– Está tudo trancado? As portas e tudo?

Dei uma volta na casa igual a uma varejeira. A porta dos fundos teve que ser aferrolhada, mas não havia nada mais a ser feito. Quando voltei ao pórtico, encontrei os outros dois já dentro do veículo. O senhor Salgado no banco do motorista, como sempre, e Dias ao lado dele, na frente. Ele fez o veículo deslizar para frente, portão afora, que eu fechei e tranquei com cuidado com a corrente galvanizada.
– Entre – o senhor Salgado disse, apontando para trás do ombro com o polegar.
Pulei para a traseira e partimos.
– Ah, o calor do sul... – o senhor Salgado balbuciou, passando suavemente para a marcha mais alta, enquanto deslizávamos por sob as extensas sombras das árvores.
– O quê?
– Poesia.
– Que poesia?
– Poesia inglesa. O meu pai costumava recitar poesia assim.
– Ai, ai, cuidado com aquela desgraçada daquela vaca!
O senhor Salgado virou a direção abruptamente e desviamos para a direita, atingindo o rabo, e por sorte nada mais, do animal que passava. Dias começou a rir:
– Se você acerta, tem que levar.
A cabeça dele balançava de cima para baixo. O senhor Salgado parecia preocupado. Atrás do carro, vi um corpo raquítico cambalear. A vaca mancava pela estrada, cheia de adrenalina, mas não seriamente ferida. Os dedos do senhor Salgado agarravam o volante com força, e ele olhava fixamente para frente. Não disse nada. Dias continuava se chacoalhando todo de tanto rir, uma fumaça azul escapando de sua boca. Sacudia-se enquanto ria, e sua cabeça ainda balançava de cima para baixo sobre seus ombros grandes e re-

dondos. Eu não estava muito feliz. Não era de bom augúrio bater em uma vaca, fonte de leite e trabalho. Mesmo se estivesse pensando em poesia e fosse salvar a ilha do mar e a mente da escuridão desesperadora, não podia estar certo. Felizmente, logo chegamos a um grande templo ao lado de uma ponte. Caminhões e ônibus tinham congestionado a estrada. Precisamos parar.

– Vamos deixar dez centavos ali, para os deuses? – Dias perguntou.

O senhor Salgado deu de ombros. Havia gente orando ao lado da árvore *bo* dentro da praça do templo, e motoristas e viajantes enfiavam dinheiro em uma caixa de bênçãos na parede. Eu me inclinei para a frente.

– Senhor? – Achei que devíamos.
– Certo, você vai. Mas seja rápido.

Pulei para fora e coloquei dez centavos na caixa para o nosso bem e uni as mãos apressado, quase em um aplauso e não em sinal de adoração. Dez centavos talvez equilibrassem o negócio com a vaca distraída na estrada.

– Tudo certo? – o senhor Salgado perguntou quando subi no carro de novo.

Os dois estavam agradando meus hábitos nada iluminados, era o que achavam, mas eu não era crente. À minha própria maneira, sou um racionalista, o mesmo que o senhor Salgado, mas talvez menos ousado; acredito na obediência tática, só isso. Se existe uma possibilidade de que o templo exerça alguma influência, de que exista alguma força ou criatura ou deidade ou o que for que possa ser aplacada por dez centavos em uma caixa de lata, por que arriscar? Na pior das hipóteses, dez centavos vão ajudar a manter o lugar limpo, ou encher a barriga de um monge que de outra maneira estaria aprontando nas ruas. Então deixei as moedas caírem, pensativo, não tão alheio quanto tenho certeza que o senhor Salgado e o senhor Dias achavam que eu estava. Observando-os por trás, descobri uma tremenda diferença entre os dois, especialmente entre as orelhas. Claro que eram dois homens inteligentes e cultos, mas as orelhas de Dias eram pequenas e presas com firmeza à cabeça, de onde uma pequena nuvem de fumaça de tabaco se erguia periodicamente. Mal dava para distinguir as orelhas do resto da cabeça, parecia que ainda estavam em formação: eram orelhas de feto, botões, insensíveis aos chamados da natureza (meus primeiros pedidos para fazer uma pausa e mijar: "senhor, *subarait!*"), ao passo que o senhor Salgado tinha um par claramente articulado. Cada uma delas era recurvada de maneira elegante, uma mão longa e delgada acoplada à lateral da cabeça por uma junção sólida, exatamente no meio entre o topo e a parte de baixo, e rodeada pelo cabelo preto; os lóbulos compridos e divinos. As duas cabeças e suas orelhas distintas pareceram, por um instante, pertencer a duas espécies diferentes, agrupadas apenas devido ao confinamento de um veículo e ao denominador comum da mesma língua. Coloquei as mãos nas minhas próprias orelhas para tentar visualizar seu formato de corneta. As minhas eram grandes (maiores do que as de Dias, pelo menos), mas eu puxei os lóbulos para esticá-los um pouco mais. Quanto mais compridos, melhor, meu tio costumava dizer e, afinal de contas, eu ainda estava crescendo. Dias, por outro lado, não ia mais crescer.

  Dias tinha nascido na época dos britânicos. Era uma criancinha em Galle Face Green quando os japoneses atacaram Colombo, em 1942. "Seis Zeros apareceram, e eu corri feito um louco para me esconder", ele costumava dizer em festas. Durante muito tempo depois de eu ter ouvido essa história pela primeira vez em nossa sala de jantar, com o arroz fumegando e os dedos tamborilando, pensei que ele estivesse falando de dinheiro caindo do céu, como costumavam dizer que tinha acontecido na Inglaterra, onde todo mundo ficou rico depois da chuva. Seis zeros, dez lakhs, um milhão de rúpias, e achei que talvez também tivesse sido por causa disso que o senhor Salgado terminara tão bem de vida. Mas, posteriormente, compreendi que ele estava falando de aviões. Vieram zunindo do nada, de além da ponta do mar, carregando um arsenal de bombas para explodir a ilha, nas primeiras explosões do gênero. Explosivos em vez de canhões *parangiya* do século XVI. Arautos da auto-humilhação que viria quarenta anos depois com nossos esquadrões de Migs recondicionados e seus tambores de napalm de fabricação caseira, imitando uma guerra nos céus mais terrível do que qualquer piloto camicase poderia ter imaginado. Dias, com suas orelhas achatadas, acabou batendo no carrinho de um vendedor de grãos, virando uma cesta inteira de amendoins no chão. O barulho aparentemente perturbou tanto um coronel que estava gritando obscenidades para o céu que ele acabou atirando no próprio pé. "A espingarda, sabe", Dias dizia, levemente embriagado, "estava apoiada como uma elegante sombrinha na ponta do sapato dele. Explodiu o próprio dedão do pé!" Tinha sido a única vítima na área à beira-mar. Ele fora levado às pressas para o hospital. O pequenino Dias levara tal bronca que subiu em seu catre e dormiu durante doze horas, chupando sua plaqueta de identificação de alumínio, enquanto o resto da cidade se preparava para a invasão. Mais alguns tiros foram dados, um avião caiu em algum arrozal, e os aviões de guerra japoneses desapareceram, voltando na direção do grande sol vermelho e macio. O curso da guerra deu uma guinada, e felizmente se esqueceu deste ponto onde alguns soldados aliados e marinheiros de sorte passaram o resto de seu período de serviço lutando contra asiminas e pereiras espinhentas, contentes da vida, colecionando lembranças de seu idílio tropical para seus bangalôs em Eastbourne e em Chichester, no sul da Inglaterra. Nesse ínterim, o senhor Salgado, impressionado por histórias de gravidade, amendoins e tiros que se manifestaram ao redor de seu amigo criança, Dias, naquele mês de abril fatídico, transformou-se em prodígio da ciência e amante da poesia: "Movimento", ele dizia em tom profundo e íntimo, para arrematar a história de seu caro amigo, "o segredo está no movimento".

Na minha infância, na escola, aprendi língua e história, um pouco de geografia e a somar; mas a ciência era um enorme buraco negro. Meu professor ansioso abandonara a ciência em nome da natureza, acreditando que absorveríamos as informações essenciais por meio de brincadeiras que despertavam a curiosidade. A língua, ele costumava dizer, era o que nos diferenciava dos macacos, e era isso que ele queria ensinar. Mas com o meu senhor Salgado aprendi o inverso: a linguagem é o que apreendemos naturalmente (todo mundo fala sem problema nenhum), mas a ciência precisa ser aprendida de maneira metódica, por meio de estudo, para que alguém consiga escapar do pântano das nossas superstições psicóticas. É isso que transforma nossa vida. A eletrificação do vilarejo ou a iluminação da mente, o que vem primeiro?, ele perguntava ao amigo Dias. Até onde se pode chegar lendo livros da folha de *ola* ao luar e ficando cego aos poucos? Mas senhor, eu tinha vontade de perguntar, como é que se pode unir filamentos de magnésio e ligas de cobre e transformar desejos de eletricidade em uma corrente atraente sem aprender a ler e a escrever e a discernir o passado do futuro? Como se pode saber que a iluminação da lâmpada na ponta do fio está relacionada a dar um piparote no interruptor da parede sem ter noção a respeito de história e narrativa? De outra forma, pode parecer que, de algum modo, uma luz divina, emanando de uma lâmpada todo-poderosa, tivesse usado de sua imensa sabedoria para fazer com que a sua mão tocasse naquele lindo interruptor barroco, e não o contrário. O meu senhor Salgado tinha estudado todas essas coisas. Ele tinha viajado por toda a Terra. E era provavelmente por isso que para ele *tudo* era movimento: o movimento explicava tudo. Mas não era óbvio para mim. Para ser justo, é necessário mencionar que ele também observou, maroto, que a ciência é tão boa quanto a idéia por trás dela. Sem bases sólidas, a ciência acaba desmoronando: em dez anos, cem ou mil. Quando Dias certa vez lhe perguntou:

– Então, cara, o que é essa porcaria dessa base necessária?

Salgado respondeu:

– A filosofia certa. Ou se escolhe observar e classificar, ou se escolhe imaginar e classificar. É um verdadeiro dilema.

– Mas é só isso?

– Isso é *tudo*.

Viajamos durante horas; assobiando por cima de uma fita de asfalto que acompanhava o abraço perpétuo da costa e do mar, delimitada por uma moldura de coqueiros ondulantes, formas puras e simples que emolduravam a paisagem marítima em um caleidoscópio de jóias azuladas. Por cima de nós, um bordado de folhas verdes e amarelas indicava um ponto de fuga que nunca conseguiríamos alcançar. Às vezes, a estrada fazia curvas como se estivesse na crista da própria onda, invadindo a terra e depois voltando para o mar. Deslizamos por cima dessas superfícies móveis a uma velocidade que eu jamais experimentara. Através da janela traseira, eu observava a estrada se derramar por baixo de nós e assentar em uma paisagem prateada de atemporalidade serena. Ultrapassamos ônibus ocasionais que lançavam fumaça ou caminhões que ceceavam com sua carga de centeio ondulante; irrompemos através de cidades agitadas e vilarejos perdidos em torpor. Passamos por igrejas e templos, cruzes e estátuas, cabanas cinzentas e mansões com treliças. O senhor Salgado só desacelerou quando chegamos às pilhas esqueletais de coral petrificado (pirâmides de um metro e meio ao lado de fornalhas fumegantes), marcando os loteamentos de uma faixa de fabricantes de cal depauperados, a forragem do cimento de amanhã, despedaçando-se no trecho mais adorável do litoral.

– Olhe só para isso – disse a Dias. – Usam às toneladas.

Quando chegamos ao bangalô (seu observatório na praia), passei o resto do dia desempenhando minhas tarefas de sempre: guardando coisas, fazendo as camas, preparando a comida, servindo, arejando, limpando, separando, fechando. Mas, cada vez que olhava para fora das janelas, ficava sem fôlego. O bangalô em si era rodeado por imensas folhas verdes que brilhavam por causa do sol ao mesmo tempo em que faziam sombra e iluminavam. O jardim de areia, os tufos de cróton, as trepadeiras nas treliças próximo à cozinha, tudo parecia respirar, cheio de vida. Na parte de dentro, os cômodos eram pequenos; as paredes eram pintadas de verde refrescante, e o chão era mais escuro. Até a mobília parecia marcada pela sombra, mas quando voltava a erguer os olhos, eu vislumbrava o mar entre as árvores banhado em luz dourada aconchegante. Aquela cor, aquele ronco, era impressionante. Era como viver dentro de uma concha: o quebrar das ondas, infinito. Numinoso. Não dava para escapar. Não era surpresa o senhor Salgado dizer que o mar seria o fim de todos nós. Durante aquelas duas noites que passamos viajando, senti o mar se aproximando; a cada onda, um grão de areia mais perto de levar a vida embora de nós. Dizem que o ar marinho faz a gente se sentir melhor, mas acredito que isso seja história para nos fazer dormir; fez com que eu me sentisse impotente. Depois de um tempo, comecei a ficar aterrorizado. E não foi conforto nenhum quando finalmente vimos o instrumento do senhor Salgado que nos salvaria da cova cheia d'água. Uma pasta de plástico preta cheia de tabelas e números que seu assistente, Wijetunga, anotava duas vezes por dia, depois de medir as marcas da maré na praia e contar os corais, as lesmas do mar, os peixes coloridos, os ouriços, as garoupas e as barracudas que ele avistava ao mergulhar de *snorkel* ao longo de uma linha de bóias estendida entre dois postes enfiados no mar. Aquilo parecia débil frente às enormes ondas do oceano, mas eu não disse nada ao senhor Salgado nem a Dias na época. Perguntei a Wijetunga, mais tarde naquela noite, depois de fritar o peixe, qual era a importância daquilo. Números em uma lousa à beira-mar. Mas por ter passado tanto tempo submerso, examinando formas de vida pré-históricas convolutas, ele parecia incapaz de falar. Era como se o coração dele estivesse cheio de desejo (uma necessidade) de se expressar, mas sua boca arrolhava-se de modo permanente, prendendo seu fôlego. Era um homem culto, com caligrafia regular, limpa e diminuta. Usava calças pretas quando o senhor Salgado o convidava para juntar-se a eles nas refeições. Mas ele sempre parecia pouco à vontade, como se estivesse se afogando em seus próprios pensamentos. Quando falei com ele, esfregou o nariz largo e borrachudo com a palma da mão e suspirou ruidosamente, pensativo. Imagino que era impossível para ele lidar com a minha ignorância. Balbuciou através da mão alguma coisa a respeito de cronometragem e mergulho.

Acho que Dias também não se convenceu totalmente. Depois de atacar meus bolinhos de peixe e uma enorme pratada de arroz vermelho, lavou os dedos em uma tigela de água com limão e disse:

– Não sei, cara, não sou muito de tomar banho de mar, mas acho este mar grande demais, hein? Não é mesmo? Quer dizer, para que possamos fazer alguma coisa? – Frente a este mar, ele não se animava nem com um passeio de barco.

O senhor Salgado respirou fundo. Sempre que se sentia ameaçado, respirava fundo. Seu peito inflava, e as mãos inchavam. Cruzou os braços.

– O mar?

Dias acendeu um cigarro e soltou uma baforada vigorosa, formando uma nuvem de fumaça bem espessa.

– Estou falando desse negócio de afundar uma vara aqui e outra ali, como é que isso vai lhe dizer o que está acontecendo enquanto a milhares de quilômetros, como na Austrália, um monte de baleias pode estar trepando ou algo assim? Isso faz com que esse milímetro daqui e dali fique inexato, não é mesmo?

– As baleias não participam de orgias.

– Eu sei, eu sei. Mas você sabe, não sabe, o que eu quero dizer? Um tipo de agito.

Dava para ver o formato da língua do senhor Salgado que circulava dentro da boca dele, percorrendo os dentes por baixo dos lábios, fazendo a pele ondular.

– O Wijetunga não está medindo milímetros. Está examinando amostras. Dá para aferir uma porrada de coisas a partir de amostras, se forem observadas em detalhes. Sabe, é como se eu tirasse uma fatia bem fininha da sua pele, ou pegasse um fio de cabelo seu... – esticou a mão, como se fosse arrancar um cabelo dele.

– Ai! Muito obrigado, muito obrigado, mas deixe o meu cabelo fora disso. Já são poucos demais, com o diabo. – Dias deu tapinhas na própria testa lustrosa.

– Mas, falando sério, apenas com um fio, ou um pouco de tecido, é possível fazer a análise e dizer tudo a respeito do seu histórico biológico.

Dias riu.

– Uh-huh-ha, sei, sei. Nisso eu consigo acreditar. Deixe-me dizer mais uma coisa: como contador, até mesmo sendo contador do governo, também posso dizer uma porrada de coisas: uma porrada de coisas. Se eu souber o salário e a idade de um homem, posso lhe contar toda a sua história *biográfica*: sua história de vida passada, presente e futura, sabe como é – apertou os lábios.

Wijetunga parecia aturdido, mas não disse nada. O senhor Salgado riu.

– É isso mesmo. A mesma coisa. Imagine que o globo é uma cabeça. Percebe, só é preciso um pouquinho de informação para construir o cenário completo. E a parte mais importante da informação está no movimento. A movimentação de uma onda – então, relaxou. – A vibração minúscula, o barulho da onda, por exemplo, pode levar séculos para evaporar. Se tivéssemos instrumentos sensíveis o bastante para medir isso, aquela onda poderia nos falar a respeito da conversa que a sua bisavó pode ter tido com o seu bisavô na noite de núpcias deles, há cem anos.

– Você está dizendo que aquele papo safado ainda está por aí? – Dias torceu o dedo no ar, engolindo todo o áraque do copo e rindo. O mar ribombava tão alto que achei que cada onda, forte ou não, seria destruída para sempre. – Então, você tem esse tipo de instrumento para o mar?

– É uma idéia. Estamos trabalhando nela. Mas ainda não temos um laboratório chique.
– Quanta bobagem, *machang*, bobagem.

O senhor Salgado riu. Eu me ocupei com as manchas de *curry* nos pratos sujos do jantar deles, aplicando cientificamente um tufo de palha de coco e água com limão à gordura amarelada. Esfreguei do fundo do coração. Aquilo não era piada.

◆ ◆ ◆

Antes de a senhorita Nili vir à nossa casa pela primeira vez, no feriado de *poya*, em abril de 1969, o senhor Salgado só tinha me dito que "uma moça vem para o chá". Como se alguma moça fosse lá tomar chá toda semana. Aquilo nunca tinha acontecido na vida dele, nem na minha, e mesmo assim ele agia como se fosse a coisa mais natural do mundo. Por sorte me avisou com um pouco de antecedência. Ele estava preocupado em garantir que houvesse tempo suficiente para preparar tudo, apesar de agir de modo tão despreocupado. Fiz tudo: bolinho de coco (*kavum*), sanduíches de ovo, sanduíches de presunto, sanduíches de pepino, até *bolo de amor*... Preparei o bastante para um cavalo. E foi muito bom: ela comia igual a um cavalo. Acabou com todos os bolinhos! E o pedaço de bolo de amor dela (deixei que ela cortasse) era enorme. Não sei onde foi que ela colocou tudo aquilo; na época, era muito magra. Tinha cara de quem estava com fome. Imaginava que ela fosse inchar enquanto comia, como uma cobra engolindo um pássaro. Mas ela só ficou lá sentada na cadeira de bambu, uma perna dobrada embaixo de si, as costas eretas e o rosto flutuando alegremente na névoa

quente da tarde enquanto enormes bocados daquele bolo de amor dos mais saborosos e suculentos desapareciam dentro dela, como em uma caverna.
— Você gosta de bolo? — ele perguntou para ela, de um jeito idiota.
Ela soltava um som de mugido entre os bocados. Aquilo o deixou contente, e, apesar de eu não aprovar sua desinibição tão prematura em nossa casa, também fiquei tocado.
— Onde foi que você arrumou este bolo? — Os lábios dela brilhavam com a minha manteiga, e em um canto da boca tinha um fio de migalhas de semolina douradas que formavam uma covinha quando ela falava.
— Foi o Triton quem fez — o meu senhor Salgado respondeu.
Foi o Triton quem fez. Era a única frase contendo o meu nome que ele repetia e repetia, como um refrão, durante todos aqueles meses, fazendo com que eu ficasse imensamente feliz. *Foi o Triton quem fez.* Clara, pura e generosa. A voz dele naqueles momentos era como um canal direto entre o céu e a terra que perfurava o marasmo da nossa vida, liberando uma bênção como água espirrando de uma nascente de rio, da cabeça de um deus. Era a glória. Minha chegada à maioridade.
— O seu cozinheiro?
A sua vida, o seu tudo, eu queria cantar, colado às persianas, o céu entre minhas pernas.
— Ele faz um bolo delicioso — ela disse, o que fez com que fosse uma pessoa querida para mim pelo resto da minha vida.
Eu tinha usado dez ovos em vez dos sete de praxe naquele dia, por causa dela. E manteiga bem amarelinha, transformada em creme à perfeição. E *cadju* (castanhas-de-caju), fresquinhas do interior.

Depois do chá, ela disse que precisava ir embora. Saí para chamar um táxi. Ela ficou sozinha em casa com ele enquanto eu ia até a rua principal. Não demorou muito. Um táxi que se parecia com uma tartaruga negra com capota creme apareceu, e eu voltei para casa a bordo dele, como um príncipe. O motorista fez a buzina rouca grasnar para avisá-los de nossa aproximação. Entramos no jardim, fomos até o pórtico. Desci e segurei a porta aberta enquanto o senhor Salgado a ajudava a subir.

– Até logo – ela disse para ele, e então se voltou para mim. – Aquele bolo estava *mesmo* uma delícia.

O táxi saiu pelo portão e virou para a esquerda. As rodas vacilaram, borrando a parte branca ao redor do aro. O senhor Salgado ficou observando enquanto o veículo desaparecia lentamente.

– A senhora comeu bem – eu disse, entusiasmado.

– Comeu.

– Senhor, o bolo de amor estava bom? Bom *de verdade*?

– Estava.

– Fiz ontem, e dei bastante tempo para que o mel se infiltrasse. E ela também gostou dos bolinhos? Não estavam gordurosos demais? Usei óleo fresco, uma garrafa novinha de Cook's Joy*, especialmente para hoje.

– Estavam bons. – Ele se virou para voltar para a casa.

Estavam mais do que bons. Eu sabia, porque consigo sentir dentro de mim quando acerto. É um tipo de energia que revitaliza todas as células do meu corpo. De repente, tudo se torna possível, e o mundo inteiro, que antes parecia estar se rasgando nas costuras, retoma sua forma. Eu podia espre-

---

* Cook's Joy: o nome da marca de óleo pode ser traduzido como "A alegria de cozinhar". (N. T.)

mer mil panquecas de arroz através de um molde de madeira ou preparar um porco inteiro quando eu me sentia daquele jeito. Tinha feito bolinhos de ovelha naquele dia e colocara folhas de coentro verde nelas; algo desconhecido em qualquer parte do nosso país naquela época. Mas por mais confiante que eu me sentisse a respeito da perfeição do que tinha produzido, assim como qualquer outra pessoa, eu precisava dos elogios. Senti-me um idiota por precisar disso, mas precisava.

– É – o senhor Salgado suspirou para si mesmo e desapareceu. Seus grandes olhos castanhos transbordando como o mar da monção.

Ela fez nova visita no dia de *poya* seguinte – o fim de semana lunar como era decretado por nossos líderes, para quem as quatro fases da lua deveriam ser usadas para eclipsar a hegemonia do sabá imperial judeu-cristão – e, depois disso, quase todos os finais de semana por meses a fio. Eu fazia os bolinhos de ovelha e o bolo toda vez, e ela sempre dizia como estavam *maravilhosos*. Eu não me preocupei mais com sanduíches ou qualquer outra coisa depois daquele primeiro chá. O senhor Salgado não comia nada: ficava observando enquanto ela o fazia, como se estivesse alimentando um pássaro exótico. Ele bebia chá. Sempre bebia muito chá: chá *orange pekoe* perfeito, fresquinho, do interior. Parecia absolutamente contente enquanto ela estava lá. O rosto dele se iluminava, sua boca entreaberta deixava aparecer a pontinha dos dentes. Era como se ele não conseguisse acreditar nos próprios olhos, vendo Nili ali, sentada na frente dele. Eu levava quatro bolinhos de cada vez, em um dos nossos pratinhos azuis com desenhos de chorões, fritos logo depois de ela chegar, para garantir que saíssem frescos e bem quentinhos, diretamente da panela. O momento tinha que ser calculado com perfeição. Eu lhe oferecia os bolinhos e colocava o prato na mesa. Sempre com uma toalhinha bonita de renda branca. Quando ela terminava o último da primeira leva, eu esperava um ou dois minutos e levava o segundo prato. "Bem gostoso e quentinho, dona", eu dizia, e ela murmurava sua aprovação. Depois que terminava um par dos bolinhos novos, eu entrava de novo, com chá fresco. "Mais bolinho?", ela sacudia a cabeça (eu sempre perguntava quando ela estava de boca cheia). Isso permitia que o senhor Salgado falasse em nome dela. "Não, pode trazer o bolo." Era nosso pequeno ritual. Eu assentia com a cabeça, ela sorria e parecia ansiosa. Eu lhe dava tempo suficiente para saborear os bolinhos e sentir o toque de coentro dentro de si. Para que o chá limpasse seu paladar e acalmasse os nervos agitados pelo tempero e inchados pela carne, e só então levava o bolo em uma pequena bandeja holandesa para o senhor Salgado cortar.

Ela nunca comia o bolo todo, apesar de às vezes eu achar que ela poderia fazê-lo sem problemas. Mas como o senhor Salgado mal comia uma fatia fininha, e apenas depois de ela implorar diversas vezes, sobrava um bom pedaço. O senhor Salgado se alimentava daquilo durante o resto da semana, um pedaço por dia, quando voltava do escritório no fim da tarde. Talvez ficasse lembrando da última visita dela enquanto comia com vagar, o cheiro dos dedos dela, que podiam ter roçado uma migalha do prato, misturando-se ao aroma da água de rosas, da essência de amêndoa, do cardamomo, permitindo que ela se erguesse e se acomodasse em sua imaginação enquanto o mel se infiltrava no corpo dele. Eu também pegava um pedacinho de vez em quando.

Mais tarde, ao anoitecer, depois que ela tinha ido embora, ele saía do escritório e ficava observando Vênus, que acenava do céu. Quando a noite caía, nos isolávamos naquele velho mundo de nós mesmos. Quando falou a Dias a respeito da senhorita Nili, fez com que ela parecesse pertencer a algo impossível, de tão distante.

— Sabe como é, não tenho muito como ter certeza... Dias contorcia os ombros fingindo dor e colocava a mão no coração.

Para mim, o senhor Salgado contava ainda menos. Estava completamente obcecado por ela. Apenas sua presença parecia acalmá-lo. Quando ela chegava, falava entre bocados e costurava as semanas e os meses em um padrão fluido. Ela também fazia com que ele falasse, mais e mais.

— Você se lembra da primeira vez em que nos vimos? — perguntou certa tarde, depois de eu levar o bolo.

— No Sea Hopper?

— Não, antes. Você se lembra?

O senhor Salgado disse que se lembrava de querer que ela se virasse para ele no salão de baile do hotel Sea Hopper, onde ela trabalhava, quando a viu lá em algum tipo de recepção. Desejando que ela se virasse. E, miraculosamente, ela se virara e olhara para ele, mas ele não soube o que fazer.

— Não me lembro do que eu disse. Eu queria dizer *sinto muito*, mas não queria lembrá-la...

— De que tinha pisado no meu pé? — ela riu, erguendo o pé e o massageando.

— A *sua* primeira palavra foi um ai...

— *Aiaiai*! — caçoou. — E o seu primeiro toque foi um pisão forte, esmagando meu pobre pezinho! — Aquele tinha sido o primeiro encontro deles; na frente de uma livraria sob os arcos, no Forte. Não houve nada mais do que aquilo, mas a ocasião servira de introdução.

– Eu estava conferindo algum livro que tinha comprado. Não sabia o que estava fazendo. Se pelo menos eu tivesse olhado aonde estava indo... mas daí nós nunca teríamos nos falado.

Ela colocou a mão na dele. Ele sorriu, contente. Ele parecia tão radiante quando ela estava lá que eu desejava que suas visitas fossem mais freqüentes e acabassem com aquele ar de mosteiro da nossa casa monástica.

❖ ❖ ❖

Certa manhã, a senhorita Nili chegou de táxi depois de o senhor Salgado ter saído para o trabalho.
– O senhor não está – eu disse. – Ele foi para o escritório.
– Eu sei. Quero falar com você. – Pediu ao motorista que esperasse e entrou em casa. – Triton, quero ver uma das camisas dele.
– Dona?
– Quero uma das camisas dele. Uma das boas. Uma que sirva bem, não igual àquela camisa amarela de trabalho; alguma coisa mais comprida, maior.

Eu tinha tentado me livrar daquela camisa amarela várias vezes. Era uma camisa horrorosa, que sobrara de sua juventude. Apesar de parecer servir bem quando olhada pela frente, no espelho, tinha perdido a forma e era ridícula de tão curta vista de qualquer outro ângulo. Mas o senhor Salgado nunca tinha visto como ficava de trás, nem de lado; ele a procurava, determinado a usá-la. A camisa azul era muito melhor, mais masculina, e eu mencionei isso a ela.

– Ou, se a senhora entrar, posso mostrar-lhe o guarda-roupa dele – eu disse. Ela podia escolher pessoalmente. Eu tinha certeza de que ele ficaria contente de saber que qualquer coisa sua tinha estado nas mãos dela.

Ficou um pouco surpresa, mas seus olhos se iluminaram. Ela me seguiu até o quarto.

Fomos até o lugar em que ficavam o armário e a cômoda. Fui na frente, ouvindo os chinelos de couro dela batendo atrás de mim no meu chão lustroso. Abri as portas envernizadas.

– Todas as camisas estão aqui.

– Que quarto bonito – ela disse, olhando em volta.

A cama grande e marrom ficava de frente para a janela, que se abria para o jardim lateral com suas plumérias. Ela foi até a janela.

– Os pardais aqui de casa fazem ninho bem aí em cima – eu disse –, naquelas calhas. – Começaram a chilrear e pipilar lá fora.

Ela tocou nas cortinas que eu tinha pendurado havia pouco tempo. As peças anteriores tinham ficado lá durante anos. Fui junto com o senhor Salgado até o grande empório para escolher o tecido novo. Ele concordara de imediato com minha sugestão. Queria que o lugar ficasse bonito. Eu disse à senhorita Nili que eram novas.

– Muito bonitas – ela disse, mas sem olhar para elas, nem para mim.

Peguei a camisa sobre a qual eu tinha falado.

– Esta aqui?

Ela veio até mim e a tomou nas mãos. Sacudiu-a e a estendeu com o braço esticado, imaginando-o dentro dela.

– Venha aqui, Triton – disse e a pressionou contra o meu corpo.

Eu tive que rir. O senhor Salgado era um homem alto, de ombros largos, apesar de naquela época ser muito magro.

– Não ria – ela disse. – Vai servir em você.

– Dona...

Ela sorriu e abaixou a camisa. Ficou olhando para ela durante um minuto.

– Vou levar.

– Mas o que eu digo se ele perguntar por ela?

Dessa vez, ela riu.

– Eu trago de volta. Só quero mostrar para o alfaiate, por causa do tamanho, sabe como é. – Dobrou-a rapidamente nas mãos. – Quero mandar fazer uma camisa nova para ele. É um presente de Natal. Uma camisa de homem de verdade. Mas é segredo, você não pode contar para ele, certo?

– Não conto, dona – prometi do fundo do coração.

– Certo. Preciso ir embora. Depois eu devolvo.

Acompanhei-a até o táxi, que ainda esperava, vazio. O motorista estava agachado, fumando um *beedi*.

– Muito bem, muito bem! – eu disse. – *Nona* está pronta.

Ele deu um último trago e jogou o *beedi* no chão, para o lado, e amassou com o pé.

– Ei, leve isto com você – gritei. Tinha varrido a entrada naquela manhã e fiquei bravo de verdade.

Ele ergueu os olhos para mim como se eu fosse louco. Abri a porta para a senhorita Nili. Ela pediu que ele a levasse até a ilha Slave, até alguma ruazinha *koreawa* onde o alfaiate dela trabalhava. Um antro de ópio, calculei.

Eu gostava de Nili. Ela não era afetada. Tratava as pessoas (todo mundo, do alto e de baixo) como gente de verdade. Não era como as outras senhoras (as *nonas*), que gritavam *chi, chi, chi* para seus empregados. Eu estava contente com o meu senhor Salgado, por ele a ter conhecido, e ficava contente porque ela sempre voltava. Ela era mais nova do que ele, tinha vinte e poucos anos: na metade do caminho entre ele e eu. Estava me acostumando a vê-la na casa e sentia que aqueles meses eram maravilhosos de tanta novidade. Quando ele chegou para almoçar naquele dia, eu não lhe disse que ela tinha feito uma visita. Achei que iria reparar em algo, um vestígio do perfume dela talvez, mas era bem provável que ele ficasse imaginando o cheiro dela o tempo todo e não pudesse distinguir os indícios da realidade. Com exceção de esquecer um chinelo, ou algum item de vestuário, ou a própria bolsa, o que ela jamais faria, não haveria nenhum sinal de sua visita, a não ser uma impressão: uma marca na mobília, suas impressões digitais nas cortinas, sua silhueta se movendo no ar, a estampa de suas palavras. Em última análise, o fato de aquilo ter mesmo acontecido, ela ir até lá e conversar comigo e ir embora, era inegável, porém quase impossível de confirmar. Ainda assim, não ousei abrir a boca para o caso de sua presença se revelar por meio da marca que deixara em mim.

Felizmente, conseguimos manter nosso ritmo sem trocar uma única palavra. Ele chegou em casa e desapareceu quarto adentro; só saiu quando achou que o almoço já estava na mesa. Descobriu, como sempre, que estava: arroz cozido, *curry* de fígado, abóbora azeda. Nada impróprio. Ele se sentou; eu servi. Ele comeu. Bebeu seu copo d'água e retirou-se para o quarto. Um pouco mais tarde, ouvi o carro dar a partida, e ele voltou para o escritório.

Normalmente, depois que ele terminava de almoçar, eu tirava a mesa, depois comia e lavava a louça. Mais tarde, depois de ele ir embora, eu passava a tarde sonhando acordado. Naquele dia, fiquei imaginando que ela podia perder a camisa, ser assaltada ou seqüestrada com ela pelos cafetões e bandidos do lado de fora do covil do alfaiate, e assim minha convivência seria descoberta. Para que eu parasse de me preocupar, comecei a preparar algumas almôndegas, que exigiam muita concentração, já que o nosso moedor de carne era um enorme animal de ferro fundido com um fuso que sugava qualquer coisa e reduzia tudo a pedacinhos. Era preciso empurrar a carne com força por um funil e ao mesmo tempo rodar uma manivela e, se não se tomasse cuidado, os dedos iam junto. Depois disso, por volta das quatro e meia da tarde, fui para o jardim para limpar a floreira de crisântemos. Não tínhamos jardineiro: não era necessário. Contratar outras pessoas para fazer esse tipo de coisa sempre criava mais problemas do que valia a pena. O senhor Salgado nunca se encarregava dessa gente e tudo ficava bem complicado. "Não se preocupe, senhor", eu dizia. "Eu me viro sozinho." Não vale a pena contratar alguém para fazer uma coisa se demora o dobro do tempo para explicar do que para fazer.

A senhorita Nili não retornou naquela tarde.

Quando o senhor Salgado voltou, já estava escuro. Trazia consigo um grande pacote de papel pardo. Peguei-o de suas mãos, e ele disse que havia outra caixa no carro. Peguei-a também, segurando pelo barbante amarrado com volta dupla.

– Achei que deveríamos fazer uma árvore de Natal neste ano – ele disse, olhando para o chão como se, de alguma maneira, suas palavras fossem fazer com que uma árvore brotasse a seus pés. – Você sabe o que é uma árvore de Natal? – ele me perguntou, ainda olhando para o chão.

Ajeitei a caixa na mesma mão que segurava o pacote e usei a mão livre para fechar a porta do carro.

– Sim, senhor – respondi. O número 12, rua abaixo, colocava uma árvore iluminada por lâmpadas coloridas todo mês de dezembro na frente da casa.

– Igual a esta? – apontou para a caixa com a cabeça. – Para colocar na sala?

Assenti.

Tratava-se de uma árvore de plástico. Um caule fino artificial de cerca de um metro e meio de altura, feito de pontas de plástico marrom que tinham que ser encaixadas e adornadas com folhas verdes artificiais. O outro pacote tinha faixas cintilantes e pequeninas luzes elétricas. As luzes eram a versão em miniatura das lâmpadas de festa que eu tinha visto no jardim do número 12. Pequenas lâmpadas coloridas ajeitadas em papel laminado amassado. Uma boa idéia. O senhor Salgado montou a árvore e então deu um passo atrás para examinar seu trabalho manual.

– Muito bem, agora você faz o resto – disse e deixou o serviço sob minha responsabilidade.

Mais tarde, depois do banho, ouvi quando ele remexeu no armário.

– Cadê a minha camisa azul?

– Senhor?

– Aquela camisa azul. Você sabe, a minha camisa azul, cadê?

Minha cabeça girava. Havia um buraco na minha garganta.

– De cor azul?

– É – ele se virou e olhou para mim. – Qual é o seu problema? Quero usar minha camisa azul.

– Está precisando de conserto, senhor. – Eu nunca tinha mentido para ele. Pelo menos não desde a época ruim de Joseph.

– Por quê? O que aconteceu?

Eu redescobri a súplica religiosa e me esqueci da ética.

– Senhor, o botão caiu.
– Então conserte. Costure o botão rápido e traga aqui.
– Mas também precisa lavar, senhor – rezei para que ele não pedisse para vê-la e massageei o antigo buraco da flecha na minha cabeça.
– O que eu visto, então?
Rapidamente, peguei sua camisa amarela de trabalho.
– Esta aqui, senhor. Também é muito elegante.
Ele a vestiu e se apressou em colocar o restante das roupas.
No dia seguinte, Nili voltou com a camisa azul. Contei a ela o que tinha acontecido, que ele estivera procurando pela peça.
– Por quê? – ela perguntou. – Aonde ele ia que era tão especial?
Eu não sabia. Talvez tivesse alguma relação com o Natal. Mostrei a ela a árvore.
– Que bonito, é uma arvorezinha muito bonita. E os enfeites?
Apontei para o adorno. As lâmpadas elétricas que eu tinha pendurado a seu redor.
– O quê? Não tem bolas? Não tem bolas prateadas? Ele não comprou mais nada?
Sacudi a cabeça. Olhando para ela durante o dia, dava para ver que estava um tanto pobre. Desejei não ter mostrado. Eu teria melhorado a situação, tenho certeza, aprendendo lentamente por conta própria. Eu teria imaginado o que mais era necessário.
– Diga a ele que é preciso colocar mais coisas para ficar bonito. – Ela me entregou a camisa. – Espero que você não tenha achado que eu ia fugir com ela – riu.
Sorri. Eu queria rir com ela.

– Dá para comprar enfeites no Bambalapitiya. Quer que eu traga uma caixa?

– Não, dona. O patrão vai trazer. Tenho certeza de que o patrão vai trazer mais coisas hoje. – E, se não trouxesse, eu ia conseguir as bolas (bolas prateadas, bolas douradas, bolas coloridas), eu ia me encarregar do negócio das bolas por ela. Ela sorriu.

– É. Tenho certeza de que você está certo. Ele é muito cuidadoso. Agora, lembre-se: não diga nada a respeito da camisa.

Depois que ela foi embora, olhei de novo para a árvore de Natal. Para que servia aquilo, aliás? Nunca tínhamos tido uma antes; nunca tínhamos celebrado festividades. Mesmo no começo, com Lucy-*amma* e Joseph, os meses passavam sem marcas na nossa casa. Lembro que de vez em quando Lucy-*amma* ia ao templo e acendia incenso para *poya* quando a lua se mascarava e se desmascarava. Mas ela não era muito devota. Joseph era um bêbado e nada mais, até onde eu sabia. Ele desaparecia de vez em quando, mas só para mergulhar na taverna *kasippu* mais próxima e beber com seus comparsas do porto e os viciados.

Lavei a camisa e a estendi para secar. Não demorou muito; logo pude passá-la e guardá-la antes de ele voltar para casa. Provavelmente não ia pedir de novo, mas era melhor que estivesse pronta.

◆ ◆ ◆

NAQUELE MÊS DE dezembro, assei um peru pela primeira vez na vida. Nunca tinha feito nada parecido. Era uma ave grande mas, tirando o tamanho, não tive dificuldade. Regar bastante e usar muito sal e manteiga fizeram maravilhas. O recheio de uva-passas e fígado, o *ganja* de Taufik e nossas próprias mandarinas *jamanaram* seriam o bastante para umedecer um deserto.

O próprio senhor Salgado me ajudou com a questão da temperatura e do tempo. Pegou um lápis e um pedaço de papel. Qual era o peso da ave? Quais eram os ajustes do forno? Quanto tempo eu gastava para assar um frango? Um pato? Um porco? De que tamanho? Que peso? Apertou os lábios, pensativo, e consultou um livro de culinária. Deu-me instruções como um professor e entrou em detalhes absurdos: o ângulo do bacon por cima do peito, como a gordura escorria, a pele. Uma vez que eu tinha descoberto o ajuste certo do botão e o número de horas que deveria deixá-lo ali, parei de escutar. Assar com calor seco, grande coisa: quando chega a hora de fazer, ou você sabe lidar com uma ave ou não sabe.

Meu maior problema era como impedir que a criatura apodrecesse durante um dia e meio. O senhor Salgado tinha feito a encomenda para a véspera de Natal, e a ave tinha sido entregue pela manhã. Ele não pensou no que faria a seguir. O bicho pesava mais de sete quilos (no valor de cem rúpias; a conta estava amarrada ao pé). Dava para espremer a criatura certinho para dentro do forno, mas não caberia na geladeira, a menos que se tirasse tudo lá de dentro, o que era impossível: estávamos com o estoque completo para a festa. A única coisa que pude pensar em fazer foi lavá-la, secá-la completamente com uma toalha e mariná-la com molho de soja, cravos, alho e bebida e enrolá-la em um pano de algodão. Fiz isso na manhã que chegou, mas à tarde já estava preocupado. Um peru não é igual a um pato selvagem ou um *batagoya* ou uma ave de caça. A carne selvagem é resistente: consegue agüentar nosso calor putrefatório. O apodrecimento serve para pré-digerir a carne, conferir-lhe algum *gosto*, mas esses monstros inchados são como pão branco: depois de algumas horas, já começam a estragar. O senhor Salgado deu uma cheirada e sugeriu gelo. Comprei dois blocos enormes e enchi uma bacia de gelo e peru. Cobri com um saco de aniagem marrom para conservar o frio.

Nili e mais outras seis pessoas, incluindo alguns estrangeiros, iriam à nossa primeira e única festa de Natal: um jantar comemorativo de verdade. Seria o meu grande desafio. Nili só tinha ido tomar lanche antes disso; seria uma refeição de Natal que precisaria atender aos padrões que ela, como cristã, conhecia, mas a respeito dos quais eu não fazia a menor idéia. Fiz a maior parte dos preparativos na noite anterior, preso na cozinha com o peru coberto. Não foi muito complicado. Apenas cinco pratos como a parte principal da refeição: peru, batatas, duas verduras e o pernil, depois uma sobremesa pré-pronta de Natal. Algo muito fácil em comparação com as refeições que eu tinha que fazer apenas para o senhor Salgado e Dias sozinhos, quando subitamente tinham vontade de comer esta ou aquela delícia, como se cada bocado detonasse uma memória em cada um deles sentado ali, comendo e bebendo e arrotando até o fim dos dias. Com um pouco de preparação e planejamento, qualquer emergência podia ser controlada. Tudo era possível.

No dia da festa, o senhor Salgado estava enlouquecido de tão ansioso. Ficava entrando na cozinha para perguntar se estava tudo bem. Eu não falava muito; não havia tempo a perder com explicações. Só assentia com a cabeça ou dizia "tudo certo, está tudo ótimo", e dava prosseguimento à tarefa seguinte. Ele ficava me observando da porta até se sentir seguro e voltava para dentro da casa até que o caldo dos nervos subia à superfície mais uma vez e fazia com que ele retornasse.

— Tudo bem — eu dizia. — Está tudo bem.

— O peru está ficando corado? Está? — olhava a cozinha, confuso até mesmo a respeito da localização do forno.

— Ainda não, ainda não. Vai corar. Não se preocupe, senhor, ele vai ficar bonito e dourado durante a última hora no forno.

— As batatas. E as batatas? Você não se esqueceu das batatas, esqueceu? — a voz dele tremia. Tinha localizado o vegetal em uma tigela de água.

— Senhor, as batatas vão mais tarde.

Esticou a mão e pegou uma, sem se convencer.

— Senhor, vou preparar as roupas.

Jogou as mãos para cima.

— Não, não. Eu posso fazer isso. Você se concentra nisto. Este negócio de peru, todo mundo diz que é traiçoeiro. Não deve ficar muito seco, senão fica com gosto de pão amanhecido.

— Eu sei, senhor, eu sei. Não pode ficar cru, senão vai ficar sanguinolento demais. Mas não se preocupe, vai dar tudo certo.

— Ela disse que nem a mãe dela consegue acertar.

E daí? Meu coração se abriu dentro de mim e espalhou um brilho quente por todo o meu corpo. Meu peru seria o melhor que ela jamais comera.

Coloquei a mesa na sala de jantar para oito pessoas e então a decorei com flores de plumária e um pouco de papel laminado que tinha sobrado da decoração da árvore. Ajeitei os descansos do centro da mesa em formato de cruz. Depois da última ajeitada na casa, ainda tive tempo para me lavar e me trocar antes da hora marcada para os convidados chegarem. Vesti meu sarongue branco para a ocasião.

O senhor Salgado também ficou pronto antes da hora. Sentou-se à janela panorâmica da frente e ficou esfregando os pés enquanto eu quebrava mais um pouco de gelo na cozinha. Os grandes blocos do dia anterior tinham durado bem. Tinham ficado menores, mais parecidos com pedras e com tijolos partidos ao meio do que com os blocos congelados que eram originalmente, mas ainda era um gelo bom. Serragem e lascas de madeira iam escorrendo junto com o gelo derretido quando se despedaçavam sob o lado cego do meu cutelo.

Nili chegou com o professor Dunstable, da Inglaterra, e seu amigo, o doutor Perera. Tinham ido até lá em um carro cor de creme, que estacionaram na entrada.

– Boa noite! – ouvi o senhor Salgado cumprimentá-los.

Nili ria. Sua risada era contagiante. Começava nos lábios e parecia escorregar garganta abaixo com um som de sucção. Não dava para ignorar. O doutor Perera também começou a rir. O senhor Salgado serviu as bebidas pessoalmente. Estava com as calças bege, que passara de modo a formar vinco. Estava muito elegante. Nili foi até ele e colocou os braços em volta de seu pescoço.

– Feliz Natal!

– ...e feliz Ano-Novo! – ele respondeu e a beijou.

Voltei para a cozinha para limpar as batatas. Ainda demoraria uma boa hora e meia até que as pessoas estivessem prontas para comer, mas só com duas bocas no fogão, eu tinha que calcular o tempo de tudo com a máxima precisão. O senhor Salgado resolvera que o jantar deveria ser servido às nove horas. Pontualmente. Nada daquele negócio de comer tarde, tinha avisado.

Eu queria ficar lá ouvindo a conversa; nunca tínhamos recebido tantas visitas novas assim antes daquela festa de Natal. Era sempre apenas Dias ou um ou dois dos outros amigos do senhor Salgado, e a conversa deles era sempre a mesma, semana após semana: carros, política, jogo. Claro que Nili era diferente, mas ela só vinha para o chá, e então eu não tinha muita oportunidade de ouvir de fato o que se falava. Ela e o senhor Salgado geralmente ficavam olhando muito um para o outro. O jantar de Natal prometia mudar tudo aquilo. Era o início de alguma novidade, apesar de eu jamais poder imaginar como nossa vida ia mudar no decorrer do ano seguinte.

A senhorita Nili me chamou.

– Triton!

Fui até ela com a maior rapidez possível.

– Triton, por favor, pode me trazer um pouco de suco de limão?

– E as castanhas, traga as castanhas – o senhor Salgado lembrou quando eu passei por ele.

Voltei com uma bandeja e servi a todos. Os outros também tinham chegado. Eu tampouco os conhecia: Moham Wickremesinghe, que tinha recebido sua licença de dentista havia pouco, e a mulher, Kushi; um americano baixinho porém musculoso chamado Robert e outra estrangeira, Melanie, cujo rosto era um mar de sardas emoldurado por cabelos surpreendentemente alaranjados. Ela batia papo com uma figura conhecida: Dias. Da cabeça dele, pequenos anéis de fumaça iam subindo em direção ao teto. O senhor Salgado não tinha dito nada a respeito de Dias! Eu não o esperava; mas deveria esperar. O senhor Dias era daquele tipo que sempre aparecia. A única surpresa era o fato de ele nunca ter participado de um de nossos chás malucos para a senhorita

Nili. Voltei para a cozinha, contando, repassando os convidados na cabeça, colocando cada um em seu lugar. Sim, havia oito convidados, não sete, além do senhor Salgado. Mas a minha mesa estava posta apenas para oito. Outro lugar estragaria toda a simetria.

– O que aconteceu? – o senhor Salgado tinha chegado para conferir a comida mais uma vez.

– Senhor, Dias-*mahathaya* vai ficar para o jantar? Para o jantar de Natal?

– Claro que sim. Ele precisa comer um pouco deste peru. Por quê? Ele não disse...

Expliquei que só tinha sido informado a respeito de sete visitantes, não oito.

– Então, seis, sete, oito, que diferença faz? O principal é o seguinte: você colocou as batatas para assar?

Assenti com a cabeça.

– O peru vai estar gostoso e quentinho?

– Não há problemas com a comida, senhor... – Eu o mantivera fresco durante um dia e uma noite inteira, qual seria a dificuldade em fazer com que ficasse quente durante duas horas indolentes e tropicais? O problema era onde espremer aquele lugar extra.

Tinha que ser à esquerda. Daquele lado, a pessoa extra poderia enxergar a árvore de Natal enquanto comia. Quanto mais, melhor. Eu logo rearranjei tudo, enquanto o bochicho continuava à toda lá fora, agradecendo às minhas estrelas da sorte por ter reparado em Dias. Teria sido mesmo muito humilhante se os convidados tivessem sido chamados à mesa e, depois de ocupar seus lugares, um tivesse sobrado em pé, como em um jogo das cadeiras. Mas, tirando esse pequeno erro de cálculo, o resto do plano estava correndo bem. Tudo borbulhava lindamente na cozinha, a cerveja corria, as castanhas-de-caju e os salgadinhos de *del* estavam bem crocantes. Dava para ouvir o som do sifão de água gasosa, o murmúrio da conversa agradável e, acima de tudo, o senhor Salgado, já um pouco alterado, dissertando a respeito da termodinâmica do oceano na era de Aquário e sobre a história de uma arca de cem mil anos atrás feita de palavras e flutuando em um mar de sons.

Parei um momento para escutar; achei que não faria mal. Em horas de pressão intensa, às vezes tenho a sensação repentina de que não há outra coisa a fazer; tudo vai tomar seu rumo, posso relaxar. Fico imóvel e deixo uma calma deliciosa tomar conta de mim por um instante, e o meu momento se estende indefinidamente. Eu me sentia tão feliz quanto o senhor Salgado em seu momento grandioso de prazer, um antegozo dos meses que viriam a seguir, em que ele desfrutaria da vida do romance verdadeiro, da interação social e das festas efervescentes. Seria o período mais gregário de sua vida. Eu estava feliz por ele, apesar de a política do dia ser contrária a tais emoções: o novo mundo dele não tinha lugar no futuro, da maneira como as pessoas comuns o enxergavam naquela época. Era um mundo borbulhante de alegria que parecia pertencer a uma geração anterior, mais frívola. No *kadé* da rua principal, falava-se sobre a necessidade de uma revolução, ou sobre o retorno aos valores tradicionais. Abundavam estratagemas para lidar com as novas expectativas das pessoas. Mas, na nossa casa, nada disso importava. O senhor Salgado desabrochava. O rosto dele se iluminou e se abriu, e ele cresceu a ponto de tornar-se tangível pela primeira vez em nosso mundinho. Eu estava orgulhoso dele, e esperava que a senhorita Nili também estivesse, com todos os seus amigos estrangeiros ali. Fiquei maravilhado com a simpatia dele: não achava que podia ser tão expansivo, apesar de seus arroubos de entusiasmo repentinos, normalmente depois de um ou dois tragos com Dias, falando a respeito do mar e de sua fome por terra. Agora, com Nili, tinha se transformado em um verdadeiro artista, massageando sua platéia com destreza, como um político.

– Pensem bem – desenhou um círculo no ar acima deles –, imaginem o éter, assim como o oceano, na forma de uma lagoa invisível. E cada som produzido, como uma pedrinha atirada nela. Estão visualizando a propagação das ondas? A história é escrita exatamente assim. No que diz respeito ao dilúvio formidável de que nos falam –, imaginem meio metro por noite –, só podem ser as monções. Onde mais você poderia acordar de manhã e encontrar todo o andar de baixo da sua casa alagado, sua cama flutuando? Dia e noite durante quarenta dias, uma monção e tanto. Então, para um sujeito em seu *padura*, sua esteira, que vê o céu desabar e a água subir, apagando tudo que ele conhecia, deve mesmo ter sido o fim do mundo. Mas o nosso *baas-unnaha*, o carpinteiro com seu barco, teria ficado bem. Para ele, a terra se transformando em mar não era problema nenhum. Podia ser até um acontecimento bem-vindo. Só que todas as criaturas que eram capazes de se movimentar teriam subido naquele barco: igual àquelas lesmas que a gente vê fugindo de uma calha que despeja um monte de água.

– Então, esse tal de Noé era um carpinteiro em Negombo? – o dentista, Mohan, perguntou.

Todo mundo riu.

– Por que não? Se este lugar era o paraíso... – o senhor Salgado abriu a mão.

– Sim, o pico Adão. Vocês já escalaram até o topo? – professor Dunstable esticou o pescoço vermelho de sol.

– E não é verdade que vocês já fizeram parte da África? O berço de todos nós? – a mulher Melanie acrescentou, fazendo com que montes de sardas surgissem ao redor de seus lábios pálidos.

– Pode-se dizer que a África, todo o resto do mundo, era parte de nós. Tudo era um lugar só: Gondwana. A grande massa de terra na época da inocência. Mas então a terra se corrompeu, e o mar invadiu. A terra se dividiu. Pedaços se separaram e se afastaram, e para nós sobraram aquele paraíso arruinado dos *yakkhas* – os demônios – e a história da humanidade contada pelas pedras. É por isso que este país, apesar da monção, adora água. É um símbolo de regeneração que reflete o tempo em que todo o mal, a dissonância do nascimento, foi levado embora pela chuva divina, que deixou a cargo dos deuses produzir um mundo novo. Foi esse o verdadeiro dilúvio; Noé não passa de um eco. Os reis que construíram os tanques maravilhosos podiam estar se lembrando daquele dilúvio purificador, assim como nós.

– Os tanques?

– Você conhece os nossos tanques? Os grandes reservatórios? São mares internos, mesmo. É por isso que dizemos *muhuda*. São feitos de engenharia executados no ano 200 a.c., na era dourada da cidade de Anuradhapura e depois de Polonnaruwa. Alguns foram construídos até antes disso. Enormes áreas foram submergidas por meio de um sistema hidráulico que fez nossos engenheiros *yakkha* medirem mudanças de um centímetro no nível da água em uma extensão de água de três quilômetros. Imagine só! Precisão verdadeira. Suficiente para igualá-la à dos construtores de pirâmides egípcias, sabem como é. Tudo pela água: a fonte da nossa vida, e da morte. Pegue como exemplo a malária...

Fiquei fascinado. Dava para ver o mundo todo tomando forma quando ele falava: os tanques incríveis, o mar, as florestas, as estrelas. O passado ressurgiu em um desfile de princesas de longas cabeleiras segurando varas de ébano; sereias de cauda vermelha; elefantes enfeitados com liteiras cheias de franjas e sinos de prata erguendo as presas encapadas, douradas e recurvadas e dando a volta em cidades pintadas de bronze de antigos senhores guerreiros. Suas palavras evocavam aventuras do norte e do sul da Índia, dos portugueses, dos holandeses e dos britânicos, cada um com sua flotilha cheia de esperança febril e desenfreada sede por viagens. Tinham chegado de olho na promessa de canela, pimenta e cravo, e encontraram refúgio nesta selva de demônios e vastas águas calmas.

– Então o que é isso, cara? Você está tentando sugerir que este lugar foi a primeira Jerusalém? Mas e o céu especial do Buda e tudo o mais?

– Ah, sim, é preciso lembrar que o lugar também era conhecido como Jardim do Éden. Estimula o chauvinismo de qualquer um, sabem como é: sinhala, tâmil, aborígene. Escolha uma religião, selecione a sua fantasia. A história é flexível. – O senhor Salgado riu e deu uma olhada na sala de jantar. – Venha aqui – chamou por mim. – Mais suco de abacaxi para a moça. E pode servir agora, certo?

Robert continuava refletindo a respeito do comentário anterior do senhor Salgado.

– Para falar a verdade, você está certo. Todo mundo aqui, aliás, vive se banhando, sempre no rio, ou em um cano, ou em um poço. Sempre espalhando água. Aquelas mulheres com a roupa colada no corpo. Um verdadeiro fetiche. – Olhou para a senhorita Nili, como se estivesse em busca de confirmação.

Fui para a cozinha e levei o suco com a maior rapidez possível, mas, quando retornei, a conversa já tinha passado para uma notícia no jornal falando do mar que ia subindo. O mar que rugia.

Quando a comida ficou pronta, coloquei tudo na mesa, menos o peru. Eu não sabia se o senhor Salgado queria cortá-lo, como ele costumava fazer com frango assado, ou se devido à ocasião eu mesmo deveria cortar os pedaços. Ele estava ouvindo o professor, balançando de um lado para o outro, um pouco embriagado. Nili me viu e interrompeu a conversa.

– Acho que o Triton quer perguntar alguma coisa.

– Senhor, como devo servir o peru? Será que eu mesmo corto?

Fomos para a cozinha e eu abri o forno: a ave parecia pronta para estourar, bem douradinha. O senhor Salgado ficou satisfeito e pareceu imensamente aliviado.

– Ah, está bonito – disse, todo alegre. Fechou os olhos por um instante.

– Senhor, talvez os outros devessem vê-lo antes de ser cortado – sugeri.

– Eu é que vou cortar; devo fatiá-lo. Isso mesmo, coloque na mesa que eu corto. Cadê a faca? Sirva as outras coisas enquanto eu faço isto. Você tem certeza de que está cozido por dentro?

– Sim, senhor. – Estava assado à perfeição. – Está pronto. Olhe. – Ergui-o e o coloquei no maior prato que tínhamos, o peito estufado, todo orgulhoso.

– Ah, que bom, que bom – ele disse, radiante. – Leve à mesa, leve à mesa.

Os meus músculos devem ter dobrado naquele Natal, transportando o peru de dentro para fora do forno e da assadeira para o prato, de uma mesa à outra, regando, experimentando, levantando.

Quando cheguei à sala de jantar, o senhor Salgado já tinha arrebanhado os convidados para lá. Estavam se preparando para sentar, e Nili fez alguém trocar de lugar, para que as mulheres não ficassem apenas de um lado. Fiz minha entrada com o peru tapando a maior parte do meu corpo; ouviram-se exclamações de prazer e de surpresa: "Meu Deus! Olhe só para esta ave!" e "Estou dizendo, *machang*!", e murmúrios espontâneos de aprovação, gente com água na boca, um arroto antecipatório familiar de Dias. Coloquei a ave na frente do senhor Salgado.

– Sentem-se, sentem-se – disse a todos.
– Corte, corte – Dias implorou.

Fiquei parado por um instante e esperei até que o pessoal se acalmasse. Fizeram a maior confusão em torno daquilo, mas parecia uma confusão feliz, animada. Dava para ver que a refeição seria um sucesso, mesmo antes de alguém dar a primeira garfada: o clima estava adequado, e o clima, tenho certeza, é o ingrediente essencial para que qualquer tipo de sabor se desenvolva. O sabor não é produto da boca: localiza-se inteiramente na cabeça. Preparo cada prato para atingir a mente por meio de todos os canais possíveis. Só preciso da boca para provocar uma comichão, fazer salivar, e isso é possível até por meio da imagem que apresento, o cheiro (perfume aplicado sobre a pele, ou até sobre o prato, sem cozinhar), o chiado de um alimento quente ou de alguma erva aromática para amaciar. Para a boca propriamente dita, só o sal, o açúcar, o limão e a pimenta já provocam uma cartela de sabores formidavelmente variada. E, naquela noite, a ave exótica exigia muito pouco de mim para fazer com que a imaginação já desenfreada das pessoas sentadas àquela mesa explodisse com tantas sensações.

O senhor Salgado manteve a cabeça abaixada, concentrando-se. Tirou três fatias elegantes de cada lado do peito e, erguendo os pedaços com a lâmina larga da faca, colocou-as em um prato. Saía vapor da carne branca. Olhou em volta.

– Alguém quer uma coxa? Melanie?
– Uma fatia de carne branca para mim, por favor. Virei vegetariana no ano passado. Achei que ninguém comesse carne por aqui. Mas tanta viagem, principalmente pela Índia, me deixou tão fraca que desisti. – Os seus ombros brancos sarapintados tremiam enquanto ela ajeitava o cabelo com os dedos.

Robert deu uma risada.
– Você está falando da sua fome, não é mesmo?
– Mas que coisa divinamente primitiva. Então, quem vai ser? Dias? – o senhor Salgado perguntou.

Vi que Dias queria uma coxa inteira. Seus lábios estavam úmidos. Chupou-os e deu uma olhada em volta da mesa.
– Vamos lá...
– Certo, pode dar para mim, então.
– A coxa inteira?
– Não, não. Você está louco? Corte apenas algumas fatias, cara. Quem é que conseguiria comer uma coxa tão grande assim?

Servi os legumes. E depois um vinho tinto Jaffna cor de rubi, que a senhorita Nili tinha conseguido com um vigário da zona árida, especialmente para o senhor Salgado. Ela disse aos outros que tinha vindo de uma das mais renomadas coleções do país. O vigário pintava pessoalmente os rótulos à mão. Todos a observavam enquanto falava, e Robert, especialmente, parecia absorver cada palavra. Nos intervalos dos episódios, ela pedia que eu servisse mais, como se fosse a anfitriã e não a convidada principal. Eu ficava contente de obedecer e observar tudo enquanto esperava. A nuca dela estava à mostra. O vestido era suspenso por duas tiras pretas finas. Tinha prendido o cabelo para cima atrás da cabeça, com uma fivela prateada. Um pouco do cabelo se soltara, mas ainda dava para ver uma mancha vermelha protuberante como um sinal, ou uma mordida, no lado esquerdo do pescoço dela, ao longo de um tendão macio. A mancha se mexia conforme a pele esticava quando ela movia a cabeça ao responder a alguém que falava. As orelhas também se mexiam quando ela falava. Eram maiores do que eu achei que fossem. Cada uma delas com duas dobras simétricas no lugar em que se juntavam ao pescoço, e as pontas externas, recurvadas como a ponta de um disco de massa de *poppadum** jogado na gordura quente. Meu instinto era de puxar as orelhas dela para trás com as mãos para manter as entradas para a alma abertas como os lábios de uma concha rosada e brilhante. Perfume emanava do corpo dela, e, quando eu me movimentei para servir-lhe batatas, parecia que o cheiro tinha ficado mais forte. Erguia-se da parte de baixo da garganta dela para dentro de seu vestido de franjas. Os cotovelos dela estavam em cima da mesa; seu corpo estava curvado. Devia ter espalhado o perfume com os dedos, esfregando-o como pasta de mel para deixar a pele cheirosa. Terminou de contar sua história e ergueu a mão para impedir que eu enchesse mais o prato dela. Meu sarongue, bem apertado em volta do quadril, roçou o braço dela. Ela nem percebeu. Estava olhando para o outro lado da mesa, Robert tinha chamado a sua atenção; ele sorria, com a cabeça levemente caída para o lado. Um pedaço de peru caiu do garfo dela. Ela rapidamente o recuperou e disse:

---

* Poppadum: pão indiano circular, fino e crocante. (N. T.)

— Jesus!

— Jesus! – todos os outros murmuraram, erguendo seu suco de uva fermentado.

— À Era de Aquário! – Nili acrescentou, esfuziante.

Robert riu e bateu palmas.

Fui até o outro lado e servi Dias.

— Batatas, senhor?

Ele piscou para mim.

Fiz uma pilha no prato dele.

— Triton, você preparou o peru *à la* Savoy, não foi?

Assenti com a cabeça, acanhado, como se tivesse sido pego brincando do lado errado da rua.

— O patrão queria uma coisa especial – respondi bem baixinho, para só ele escutar.

Ele se inclinou na minha direção.

— Mas você tem um pouco de *katta sambol* ou qualquer coisa assim? Pimenta-verde? Traga um pouco. *Poddak*, hein? Só para dar um gostinho.

O senhor Dias era viciado. Não sentia o gosto de nada na boca, a não ser pimenta. Precisava daquilo como outras pessoas precisam de café, para acordar os nervos dentro de si. Talvez fosse por isso que fumava tanto. Tudo dentro dele estava envolto em fumaça. Se eu soubesse que ele vinha, teria dobrado os temperos do molho, de modo que apreciasse e eu não precisasse trazer mais, escondido. Se os outros vissem aquilo, todo mundo ia querer colocar mais pimenta, e o molho ficaria totalmente estragado.

— Trago daqui a um minuto – disse e continuei meu serviço.

O senhor Salgado tinha terminado de cortar o peru; fez um gesto para mim. Sem falar, indicou que eu deveria colocar o peru na mesa, no meio.

– Onde foi, Ranjan, que você arrumou este peru? Com as restrições à importação mudando o tempo todo, eu não consegui encontrar *nada*. – Kushi-*nona*, a mulher do dentista, tirou as uvas-passas do recheio e as examinou de perto.

O senhor Salgado explicou que tinha comprado na Peacock* House.

– Um fulano começou uma criação de peru perto de Alawwa e ele fornece as aves para a Peacock House. Acho que este é o primeiro fim de ano desde que ele começou.

Dias riu.

– Aposto que ele tem um pavão na criação de peru dele, não é mesmo?

– Di-as! – Nili o cutucou nas costelas. – Não seja tolo.

– Ela riu, jogando a cabeça para trás. Deu para ver a carne deslizando garganta abaixo.

– Eu o conheci – disse o doutor Perera. – Fernando, Maxwell Fernando. Um sujeito empreendedor. Não sei onde ele arrumou os perus, mas descobriu algum jeito de deixar os bichos bem grandes sem gastar muito. Fez mesmo um diabo de um bom negócio.

– Nesse caso, espero que *você* não tenha sido ludibriado. – Melanie tocou no braço do senhor Salgado, como que para reconfortá-lo.

– Só um peru, e só uma vez por ano. Qual é o problema de deixar esse tal de Fernando prosperar um pouco? Temos que dar apoio aos empreendedores novatos. – Ele deu de ombros. – São os únicos *artistes* que temos, sabem como é, hoje em dia...

Acabei de servir e voltei para a porta. Facas e garfos tiniram, cortando e juntando a comida. A boca do professor

---

* Peacock: pavão. (N. E.)

Dunstable trabalhava com fúria: parecia se apertar em uma florzinha quando ele mastigava. Cada bocado era pulverizado e esmagado e esmigalhado até que ele abria os lábios de novo, como se fosse cuspir tudo, mas aí engolia e a bola de angu ia goela abaixo. Moham Wickremesinghe o observava com interesse profissional.

Eu não conseguia enxergar o rosto da senhorita Nili, mas dava para ver o movimento de seus braços, cortando e juntando a comida. Só o senhor Salgado não comia de maneira sólida. Não deixou que eu colocasse muita coisa no prato dele. Mas ele parecia feliz, olhando para a senhorita Nili, à sua frente. Robert fazia sinais de concordância com a cabeça para o doutor Perera, que derramava um conto lírico a respeito das expedições à lua. Dias travava uma longa conversa com Melanie e parecia ter se esquecido da pimenta. Comia tudo que estava no prato. Achei que talvez, pelo menos dessa vez, ele não sentira falta da pimenta.

No vilarejo do meu pai, costumavam comemorar dias de misericórdia. Achei que aquilo devia ser o mesmo tipo de coisa. Só que, naquele caso, tinha a ver com Jesus, apesar de ninguém voltar a mencioná-lo depois do primeiro brinde. O senhor Salgado, na cabeceira da mesa, parecia estar pensando em alguma coisa na mesma linha. Não se tratava de caridade, mas era um ato de entrega. No meu caso, a entrega era transformar a intenção em algo comível. Eu me oferecia por meio da culinária, e aquilo me retribuía com prazer.

Tinha sobrado muita carne no peru, e achei que devia cortar mais um pouco e servir o restante. O senhor Salgado assentiu com a cabeça, em sinal de aprovação.

Todo mundo repetiu; todo mundo menos o senhor Salgado. Ele gostava de comer quando podia relaxar sozinho, num sarongue largo, sem ter que participar da conversa ao seu redor. Preferia concentrar-se em uma coisa de cada vez.

Um por um, os convidados foram atingindo sua capacidade e pousaram os talheres. Quando cheguei para tirar os pratos, ouvi pequenos murmúrios de satisfação, e um arroto bem comprido e grave de Dias. Robert olhou-me bem nos olhos, com suas íris cheias de farpas de gelo azuladas, e fez um agradecimento simpático e direto.

Para a sobremesa, ofereci o pudim de Natal comprado, mas não estava preocupado com aquilo. Desde que os convidados tivessem ficado satisfeitos com o prato principal, eu sabia que a sobremesa não apresentaria problemas.

O senhor Salgado sugeriu que fossem tomar café na sala de estar, e todo mundo se transferiu para seu poleiro forrado de espuma. Deixei as xícaras e os pires e um grande bule de café para que eles se servissem como bem entendessem. A senhorita Nili encheu as xícaras enquanto eu limpava a sala de jantar, com os trejeitos que imaginei serem os do hotel Sea Hopper. Os estrangeiros saíram cedo com educados "Feliz Natal" e "Muito agradecido". Os outros deram início a uma discussão a respeito da recente soltura dos conspiradores do major-general.

– Um enorme erro – disse Mohan. – Aqueles não são apenas um monte de inúteis da marinha e do exército. Não é como em 62, quando a única traição que alguém podia imaginar era aquele golpe patético de tão mal planejado.

– Ah, sim, e o que acha daquele *doutor* Tissa, o misterioso *doutor* Tissa? – Dias sacudiu o dedo no ar. – Aposto que ainda vamos ouvir falar dele!

– O *doutor* Tissa? Claro, que tão inteligentemente diagnosticou o descontentamento. Mas qualquer idiota desgraçado pode perceber que a juventude está muito descontente hoje em dia. Esse impertinente só quer causar confusão.

– Quem é ele? – o senhor Salgado perguntou.

– Um fulano a quem deram uma bolsa de estudos em Moscou. Agora esse palhaço quer ser o Herói do Povo. Um revolucionário.

Ouvia a senhorita Nili dizer que todos os dias ia gente procurar emprego no hotel onde ela trabalhava. Chegavam com metros de qualificações.

– Problemas, problemas – Moham balbuciou e se levantou. – Querem sangue, não empregos. Querem um expurgo. Querem nos destruir todos. – Olhou para os dentes estonteantes da esposa. – Venha, vamos embora.

– E você, Nili? Quer carona? Ou será que o Dias a leva?

– Levo sim, levo sim.

Mais tarde, depois de tirar a mesa, voltei para ver se alguém queria mais café.

– Não, não. Chega de café – Dias sacudiu a cabeça com gravidade. Então, completou: – Muito bem, Triton. Uma refeição excelente. – Virou-se para os outros dois. – Este camarada é um cozinheiro fantástico. De primeira classe. Um *chef* de verdade, não é mesmo?

A senhorita Nili disse:

– Maravilhoso.

Eu fiquei imóvel.

– Vá comer um pouco agora – o senhor Salgado disse.

– Coma um pouco daquele peru.

– E o senhor? Não vai querer?

– Amanhã. Vai estar melhor amanhã.

– O quê? Como é que você pode dizer que amanhã... – Nili ficou furiosa. – Mas que coisa idiota de se dizer!

O senhor Salgado voltou-se para mim.
– Estava muito bom. Muito bom mesmo. Vou comer um pouco mais tarde.

Eu queria que ele comesse logo. Era muito estranho para mim comer antes dele. Às vezes, quando ele não comia, eu também ficava sem me alimentar até o dia seguinte. Ou então arrumava uma outra coisa para mim. Senão, ele é que comeria os meus restos. E não seria certo.

De volta à cozinha, a mesa parecia vergada. Fiquei cansado só de olhar para a pilha de pratos e travessas e para o peru meio comido; ali havia pelo menos duas horas de trabalho, e não dava para deixar para a manhã seguinte. Se deixasse, o lugar ia se encher de ratos e baratas. O peru ainda era grande demais para a geladeira, o osso do peito se projetava igual ao mastro de uma barraca. Primeiro eu teria que desossá-lo, para depois lavar a louça.

O ato de desossar em si é uma espécie de descanso: um calmante. Um assunto da madrugada. Dá para perder toda a noção do entorno e passar a formar uma unidade com a faca que vai tirando pedacinhos de carne da cartilagem e do osso macio. Toda a razão de estar vivo se simplifica: a consciência concentrada naquela tarefa específica. É diferente de lavar a louça, quando é preciso fazer muitas coisas ao mesmo tempo. Neste caso é preciso pensar, tomar decisões, fazer distinções: o que jogar fora, o que deixar de molho, o que lavar. Só secar a louça tem um pouco da simplicidade e da beleza ritualística do desossar, mas a sensação termina quando é preciso pensar em onde guardar cada objeto seco. Desossar é uma coisa básica; como um animal devorando sua presa, parecido com comer sem consumir. Um retorno aos valores primitivos. O caçador diligente, um processo digestivo. Um sobrevivente, é o que sou. Um caramujo do mar.

Quando eu já tinha terminado a parte de trás da ave e trabalhado cerca de dois terços da coluna, a senhorita Nili entrou.

– Triton, feliz Natal! – disse baixinho, da porta.

Virei-me meio debruçado sobre a minha mesa de operação, para não perder o posicionamento em relação à junta que estava desossando.

– Tenho um presentinho para você.

Eu não sabia o que dizer; então não disse nada.

– Sabe como é, na época de Natal as pessoas se presenteiam, então, trouxe uma coisinha para você.

Mas eu não tinha nada para ela.

– Um presente?

Ela estendeu um pequeno pacote.

Limpei as mãos no pano de prato, mas continuaram engorduradas. Não dava para pegar naquilo assim.

– Espere – eu disse, e lavei as mãos bem rápido na pia, esfregando com palha de coco e barbatana cor-de-rosa de baleia. Enxuguei as mãos no sarongue e peguei o pacote: um retângulo pequeno embrulhado em papel pardo e decorado com pequenos triângulos verdes.

– *Aney* dona, não tenho nada para retribuir...

– Não seja bobo, Triton. O senhor Salgado disse que você ia gostar.

Dava para sentir que era um livro. Eu me senti deplorável e confuso, e a minha garganta estava seca.

– Abra.

Eu não queria abrir. O embrulho do pacote era bonito demais. Os cantos tinham sido dobrados e colados com cuidado. Eu nunca tinha recebido nada parecido com aquilo. Nunca tinha ganhado um presente na vida.

— Um livro?

— Abra e veja — ela sorriu.

Peguei meu cortador de cebola com cabo preto e passei por baixo da aba lateral e deslizei por baixo do papel colado, separando uma superfície da outra. O cheiro de cola de arroz e de papel recentemente impresso se ergueu como fumaça. Tirei o livro do invólucro de papel, conservando o formato do embrulho para poder guardar depois. *Cem receitas do mundo todo*, ilustradas, encadernadas em capa dura coberta de tecido com a sobrecapa mostrando pratos saindo de um globo.

— É um presente — ela disse. — Espero que goste.

Gostar? Eu nem conseguia acreditar que aquela idéia lhe ocorrera. Por que ela se preocuparia comigo daquela maneira? Mas, ao ouvir as palavras saírem dos lábios dela daquele jeito, fiquei surpreso de ela ter alguma dúvida a respeito da minha resposta. Como é que eu podia não gostar daquilo? Como se eu fosse capaz de *não* apreciar o cheiro de canela do arroz perolado, ou o zunido de um beija-flor sugando o néctar de uma flor cor-de-rosa. Ela ficou lá, olhando diretamente para mim. Devolvi o olhar por um instante, no máximo durante alguns segundos, e percebi que nunca tinha feito isso. Tive o vislumbre de um rosto assemelhado ao de um passarinho, a expressão natural dela. Eu não poderia olhar para ela de novo, apesar de ela ter permanecido imóvel quando nosso olhar se encontrou. Ela pareceu ficar paralisada, enquanto eu agarrava o livro com as duas mãos.

— Este ano foi ótimo, Triton. Espero que tenha sido bom para você também.

— Foi sim, dona.

— Eu queria que este ano durasse para sempre...

Era tarde. Ela estava cansada. Ela não sabia o que estava dizendo. Acho que tinha colocado mais gim do que limão no suco dela.

– Dona, o ano que vem também vai ser bom. Quem sabe, até melhor.

– Espero que sim, Triton – ela disse. – Meu Deus, espero que seja tão bom quanto este. – Ela examinou a cozinha com os olhos, e eu fiquei preocupado com as pilhas de pratos e travessas sujas. Um balcão ainda estava cheio de coisas que eu tinha usado para cozinhar. Apesar do meu planejamento cuidadoso, eu tinha ficado ocupado demais com o interior da casa e tinha tomado alguns atalhos nos últimos estágios para conseguir colocar a comida na mesa na hora certa, todos os pratos quentes. Havia muito trabalho a fazer. O chão estava uma bagunça. Precisava ser varrido. Na verdade, precisava ser lavado; tinha que receber limpeza adequada. Mas, antes disso, eu teria que terminar de lavar a louça; jogar fora todos os pedaços de batata e cartilagem e osso e pele de peru que as pessoas tinham deixado nos pratos (suficientes para alimentar toda uma família), enxaguar e esfregar com pó de tirar a gordura e enxaguar de novo, de modo que o chão não seria esfregado e branqueado de imediato; e, antes disso, ainda seria preciso acabar de desossar o peru e embalar e guardar os restos, para liberar toda a louça que tinha de ser areada e lavada, até que estivesse tudo vazio, pronto para lavar. E o meu ímpeto para tirar o resto do peru de seus ossos tinha passado; a energia se esvaiu enquanto eu ficava lá, pasmado, na frente dela, esperando que seus lábios se movessem. Por fim, ela acabou dizendo:

– A refeição foi maravilhosa, Triton. Muito bem.

Eu disse a ela que aquilo era novo para mim. Não sabia dizer se estava mesmo bom. Se estava melhor do que o da mãe dela.
— Foi maravilhoso, Triton. Você comeu um pouco?
Sacudi a cabeça. Como eu poderia ter tido tempo para comer?
— Coma um pouco. Coma um pouco agora.
Apesar de trabalhar no ramo hoteleiro, ela não sabia direito o que era preciso fazer para manter as coisas em ordem. Não dava para comer naquele momento, havia muito a ser feito. Eu consigo suprimir a fome. Quando o assunto só diz respeito a nós mesmos e ninguém mais, dá para adiar qualquer coisa, é possível contornar tudo; quando você só precisa servir a você mesmo, às vezes fica relaxado: não há obrigação nenhuma. O estômago acaba se contraindo para se adaptar às circunstâncias, da mesma maneira que se expande prontamente quando a época é favorável.
— O seu senhor Salgado parece que nunca come — ela completou. — O que é que tem nesta casa que dificulta tanto a alimentação dos homens?
Eu sorri e não disse nada. Não tinha nada a ver com a casa. Era a maneira como vivíamos. Apesar de eu desejar que ele comesse com os outros para me dar uma chance, eu sabia exatamente como ele estava se sentindo. Ele precisava de privacidade para se sentir à vontade. Quando havia outras providências a serem tomadas (gente com quem conversar, convidados de que cuidar, idéias a desenvolver), comer seria uma distração muito grande. Não havia segurança no ato de comer na companhia de muita gente; a atenção sempre se dividia. Apenas quem era muito íntimo era capaz de compartilhar uma refeição e ser feliz. Era como fazer amor. Revelava coisas demais. A comida era o sedutor máximo. Mas

eu não podia dizer isso à senhorita Nili. Naquela época, eu nem tinha elaborado essa reflexão por completo. Eu era virgem. Acabei dizendo que comeria depois de terminar o serviço. Sempre coma no final, assim você pode comer copiosa e merecidamente.

Até na iluminação fraca da nossa cozinha, especialmente no lugar em que ela estava, onde a noite parecia penetrar e escurecer a peça ainda mais, dava para ver as ruguinhas em volta da boca dela se aprofundarem e a ponta da sua língua (um pedaço de carne interior vermelha e quente) se movimentar entre seus lábios. Seus dentes captaram um pouco de luz de algum lugar e se sobressaíram na cozinha. Ela era menor do que eu, mas, parada ali no escuro, falando, parecia ter crescido. Senti a mão dela encostar na minha.

Dentro do livro, havia uma nota de cem rúpias. Um pedaço de papel impresso em algum lugar em Surrey, na Inglaterra: um rosto, nomes que não significavam nada para mim; redemoinhos de tinta colorida. Valorizados simplesmente por serem possuídos, e não por algo intrínseco. Não por sua perícia, não pela destreza de alguém que tinha dedicado toda a vida a se transformar em especialista na confecção de tais imagens, não pelas poucas palavras que carregava, mas simplesmente por ser reconhecido. Estava na página de rosto do livro.

— O que é isso? — perguntei, mas ela já tinha ido embora. *Dona*, eu queria chamar e colocar uma ponte sobre o abismo que nos separava. Eu não passava de um empregado, mas queria que houvesse mais do que dinheiro entre nós, naquele nosso mundinho. Ela já devia estar conversando com o senhor Salgado e Dias. Fiquei me perguntando se os três também estariam trocando presentes entre si. Voltei para a ave, alisando o osso, engordurando o esqueleto. E também eu não tinha muito mais a fazer: minha pele derretia, fazendo com que eu me sentisse entorpecido e vazio. Senti-me idiota por não ter aproveitado melhor o tempo que ela passara comigo na cozinha, por não ter descoberto mais. Havia tanta coisa sobre o que poderíamos ter conversado, mas em vez disso fui deixado na companhia de um silêncio pontuado apenas pelo raspar da minha faca, os ratos arranhando a parede e as hordas de baratas encontrando seu caminho dentro dos nossos armários úmidos e escuros. No começo, o perfume dela tinha preenchido todo o ambiente, impondo-se sobre o cheiro estonteante de peru; mas agora parecia ter deixado apenas um resto de amargor em mim.

Quando afinal terminei minha tarefa, com uma torção da asa direita, coloquei os ossos em uma vasilha para fazer caldo e guardei a carne em um recipiente de plástico. Aquilo pelo menos era algo que cabia na geladeira, que roncava na varanda entre a cozinha e a sala de jantar. Um gato vadio ronronou. Eu o espantei e coloquei o peru no canto mais frio.

Dentro de casa, dava para ouvir Dias falando. Ele tinha bebido bastante e estava em plena forma.

– Fantástico! – Ouvi-o dizer. A voz dele se ergueu meia oitava. – Nili, você é fantástica.

Ela explodiu em gargalhadas. A voz dos dois se misturou à do senhor Salgado e se derramou porta afora para o jardim dos fundos. No escuro, as vozes tinham vida própria; movimentavam-se ao meu redor como se eu estivesse em águas profundas e elas fossem peixes nadando, deixando um rastro que podia ser sentido mas não enxergado, pequenas correntes, ondas. Havia um tipo de qualidade insana naquela risada, e uma contracorrente no som (não dava para distinguir as palavras) do senhor Salgado. Misturou-se com os ruídos do restante da vizinhança. Imaginei todas as pessoas que deviam estar deitadas nas casas da nossa rua. Pelo menos duas ou três outras pessoas deitadas sozinhas em cada casa, bem como eu faria, em uma esteira em um canto de um quarto. Devia haver uns sessenta corpos ninando sozinhos, de bruços, sentindo apenas a si mesmos, na nossa alameda: uma maré de sangue fazendo a pele de cada um inchar. Talvez mais uns trinta casais, maridos e mulheres, amantes atrás de portas fechadas e janelas abertas, entrelaçados em algum abraço suado e contorcido de amor ou de afeição ou de ritual. Perfurando e sacudindo a alameda, casa por casa, em um uníssono do qual não tinham consciência, ainda bem; murmúrios delirantes, ou o pensamento a respeito do jantar ou do desjejum (ou até do cozinheiro) enquanto faziam com que um tipo de amor durasse a noite toda. Quantas pessoas teriam encontrado alguém novo naquela noite? O que diziam um ao outro em ocasiões como aquela, no escuro, com tantas outras pessoas deitadas na casa ao lado, e na casa ao lado da casa ao lado? Feliz Natal? Você quer mesmo, não quer? Querida?

Balbuciei algumas palavras no meio da noite, enriquecendo o ar à minha maneira, como eu fazia, solitário, nos campos de arroz do meu pai. Lá eu costumava imaginar um abraço que envolvesse o mundo todo: além dos coqueiros, do galinheiro, dos porcos selvagens, dos leopardos e dos ursos. Mas eu nunca imaginara as inúmeras facetas de uma cidade, cada uma delas tentando invadir a existência da outra dessa maneira.

Dias era cristão, como Nili. Usava uma cruzinha pendurada em uma corrente de ouro no pescoço. Talvez fosse por conta disso que estava tão alegre naquela noite. Talvez se abrissem muito mais quando compartilhavam conhecimento além de presentes. Eu queria saber: será que existia alguma coisa de especial entre os cristãos naquela época do ano? Será que era dinheiro?

Então ouvi despedidas e o velho Wolseley de Dias dar a partida e se afastar aos chacoalhões. Ouvi o senhor Salgado voltar para dentro da casa. A festa tinha terminado. Ele poderia me chamar agora, se quisesse comer. Minha própria fome tinha passado por ora.

Mais tarde, quando achei que ele devia ter ido para a cama, entrei na parte principal da casa para trancar tudo e apagar as luzes. Só a luz do abajur de pé da sala estava acesa, além das luzinhas piscantes da árvore de Natal. Achei que talvez as da árvore de Natal pudessem ficar acesas, porque aquela era uma noite especial, mas o abajur tinha que ser apagado. Entrei de mansinho e de repente vi os dois, o senhor Salgado e Nili, no sofá perto da árvore. Estavam bem abraçados, sussurrando. Não repararam em mim. Era o Natal deles. Recuei até que não pude mais ouvi-los.

III
Mil dedos

Alguns dias depois, Nili se mudou para lá. Para nós, foi o início de uma nova era.

O senhor Salgado não me disse nada a respeito daquilo, absolutamente nada a respeito dela ou de seus planos. Mais um novo ministro estava se defendendo no rádio quando ouvi o senhor Salgado sair de carro, seu Alfa Romeo azul, um dos primeiros carros com motor 1.300 da região. Voltou algumas horas depois com a senhorita Nili no banco da frente e duas malas e algumas caixas na traseira.

– Onde eu coloco? – perguntei.

– Leve para dentro – ele respondeu. – Nili-*nona* pode ficar com o meu quarto. Coloque as minhas roupas no outro quarto. – Ele falava de maneira confiante, imperativa.

– Agora eu vou ficar aqui – Nili completou, com suavidade. – Com vocês – ela sorriu.

Acho que eu já devia estar esperando por isso, mas a velocidade com que as circunstâncias se transformaram me surpreendeu. Não deixei nenhuma de minhas emoções transparecer. Assenti com a cabeça e recolhi a bagagem com rapidez. Não era da minha conta a maneira como eles organizavam as coisas deles. Fiquei contente por ela vir morar conosco; o lugar todo pareceu ficar mais animado no momento em que ela entrou ali.

O senhor Salgado fechou a porta da casa e acompanhou Nili para dentro. Vendo-os daquela maneira, parecia que ela nunca tinha entrado ali. Caminhava com muito cuidado. Eu tinha limpado a casa no início daquela manhã. Sábado, e seu equivalente lunar, costumava ser o dia mais imprevisível da semana para mim. Às vezes o senhor Salgado me chamava para ir com ele ao mercado porque tinha vontade de comer bananas ou abacaxis ou carne vermelha e precisava de mim para apontar os melhores produtos. Eu tinha me transformado no especialista dele para essas coisas. Eu tinha meu próprio sistema para julgar a qualidade e conseguia barganhar bem melhor do que ele. Mas quando ele me levava, meu trabalho doméstico ficava todo desconjuntado. Daí eu tinha que me apressar para conseguir fazer tudo até o fim do dia, e às vezes não dava conta. Por sorte, naquele dia, ele tinha ido ao seu compromisso sozinho. Então a sala de estar estava bem varrida e pronta para eles quando chegaram; e tanto o quarto do senhor Salgado quanto o quarto extra que ele agora decidira habitar estavam imaculados.

Na sala de estar, Nili hesitou. Eu disse:

– Dona-*nona*, espere. Vou preparar o quarto.

– Sente-se – o senhor Salgado disse a ela. – Podemos tomar um café. – Ela continuava sendo visita; naquele sentido, nada tinha mudado por enquanto.

– Sim, senhor. Vou trazer um café. Primeiro, levei as malas para o quarto. Coloquei-as ao lado da cama; a perspectiva de transferir todas as coisas dele para o outro quarto não era algo muito animador. E por que razão? Por quanto tempo? Aquele era um quarto de homem: será que eu devia trocar a mobília? Minhas cortinas cor de laranja? Eu me lembrava de como ela tinha olhado através da janela quando

fomos até lá juntos para escolher uma camisa. Será que naquele dia essa mudança já estava na cabeça dela? Quando servi o café, encontrei os dois sentados de frente um para o outro, como sempre, admirando-se. Coloquei a bandeja com as duas xícaras na mesinha entre os dois. Ela não tomava com açúcar, só com leite; saber que eu sabia daquilo foi suficiente para fazer a minha cabeça começar a rodar. Empurrei uma das xícaras para mais perto dela, e ela ergueu os olhos para mim:
– Obrigada, Triton.
Absorvi as palavras dela como mel.
– Vou aprontar o quarto – eu disse.
Alguma coisa gorgolejou. Olhei para o senhor Salgado. Ele estava sorrindo. Recostou-se e seu rosto pareceu relaxar em algo muito maior do que antes. Eu não sabia o que podia ser tão divertido. A gola da camisa dele estava torta de um lado, como se ele tivesse ficado brincando com ela com os dedos. Não fiz nada a respeito disso. Achei que agora ela poderia resolver coisas desse tipo. Ela podia dizer a ele, ou mesmo se inclinar e ajeitar para ele, se quisesse. Talvez gostasse da camisa daquele jeito: mais relaxado, alegre, descuidado. Ele tinha sido um homem de homens, agora passava a ser um homem de uma mulher.

Mas o problema foi que fim dar aos sapatos dele; as roupas, consegui fazer caber no guarda-roupa do quarto extra, mas o senhor Salgado tinha sapatos demais. Ele os acumulava. Antes não fazia diferença, porque havia um armário de calçados no quarto dele, onde cabiam muitos pares. Normalmente, havia cerca de dez pares, incluindo sapatos bicolores, que ele usou durante um certo período; a maior parte deles era pontuda demais para ser confortável. Mas o quarto extra não era adequado para o acúmulo de sapatos. Eu não podia deixá-los onde estavam porque eu sabia que Nili também gostava muitíssimo de sapatos. As caixas que ela tinha trazido estavam provavelmente todas cheias de sapatos. Sapatos pretos, dourados, cor de marfim, de salto alto, baixos, com solado de cortiça, de borracha e de couro. Até mesmo sapatos vermelhos. E sandálias aos montes. Eu a tinha visto de sandálias: de couro curtido com filigrana craquelada no peito do pé e às vezes até em volta do salto. Ela gostava daquele tipo de coisa. *Chappals* indianos, tranças de couro e pedaços de prata pura que se assemelhavam a jóias. No final, despejei os sapatos do senhor Salgado em um armarinho de chá e coloquei na varanda de trás, torcendo para que não mofassem nem apodrecessem como o resto das porcarias da casa. O problema poderia ser confrontado mais tarde; talvez pudéssemos mandar fazer um armário de sapatos novo. Não sairia muito caro, pelo menos não em comparação com o montante que ele gastava nos pés.

Depois que eu transferi tudo e forrei as prateleiras com papel pardo novo e coloquei gotas de água de rosas moura em todas as reentrâncias para dar ar fresco ao quarto, pensei nas malas. Não estavam trancadas. Abri. Nunca tinha pegado em roupas de mulher antes: blusas de *batik tie-die*, vestidos de seda e montes de tecido deslizante. Com uma mão, pude levantar toda uma pilha de material fino e brilhante; era leve como plumas. Por baixo daquilo, encontrei peças pretas e outras brancas: moldes de cetim com acabamento pontudo no lugar em que as costuras se encontravam, combinados com tiras e ganchos e pedaços de elástico. Peguei outra trouxa desmilingüida, mas comecei a achar que talvez aquilo estivesse saindo um pouco do controle. O material não se parecia com nada que eu já tinha visto; não era como a roupa de baixo do senhor Salgado, com bolsos e espaços e pequenas aberturas para que seu cano pudesse atirar. O material dele era sempre algodão bem sensato, a não ser a saqueira esportiva, que parecia feita de pergaminho duro. Mas as peças da senhorita Nili eram de outro mundo. Voltei até a sala e perguntei a ela o que fazer.

– O guarda-roupa está livre – falei. – Devo desfazer as malas?

– Ah, sim, por favor. Enfie tudo em qualquer lugar. São só roupas.

– O que está nas caixas também? – O senhor Salgado perguntou.

– Não, deixe as caixas por enquanto. Lá não tem nada de que eu precise de verdade.

– Senhor... – por um instante, minha boca formigou. – Os sapatos.

O senhor Salgado se encolheu.

– Mais um armário de sapatos...

Ele sacudiu a cabeça, achei que estava dizendo que não, mas abanou a mão, querendo dizer *mais tarde, mais tarde*. Vamos discutir esse assunto mais tarde. Os sapatos não eram tão importantes quanto acomodar Nili de maneira adequada. Na minha cabeça, estava tudo bem certo: as blusas e as calças, vestidos e pedaços de tira e renda. Nunca tinha percebido que as mulheres tinham tantas coisas para colocar e tirar. E todas elas tinham um cheiro diferente. Da pele dela? Do perfume dela? De dentro dela? Uma mala tinha um saco de roupa suja, inclusive calcinhas rígidas no meio, com o que parecia ser leite seco; coloquei tudo na nossa cesta de roupas para lavar. Fiquei surpreso ao encontrar roupas sujas, mas calculei que ela tinha feito as malas às pressas. Quando se usa roupas à maneira moderna, é impossível não ter um acúmulo de roupa suja. Para mim, naquele tempo era tudo bem mais fácil: quando a minha camisa e o meu sarongue ficavam sujos, eu os lavava na mesma hora. Não havia estágio intermediário. Balde e sabão. Mas ela tinha um jeito diferente de usar roupas. Ajeitei os itens limpos bem direitinho e guardei as malas na parte de cima do guarda-roupa, atrás da tábua enfeitada da parte da frente.

◆ ◆ ◆

O SENHOR SALGADO estava radiante, como se uma lanterna mágica estivesse brilhando sob sua pele. Seu rosto constantemente se abria em um sorriso maroto, os cantos da boca de curvavam para cima de modo irresistível, os dentes se forçando a aparecer. Os ângulos marcados de seu rosto ficaram mais arredondados; ele parecia engrossar a cada refeição compartilhada com ela na nossa casa, ficou mais forte. Achei que as camisas dele iam esgarçar nas costuras, que os músculos nos seus braços esticariam cada fio cem vezes. Até a casa parecia diferente quando ele estava lá; sua presença era mais marcante quando ele traspassava o perfume de Nili que pairava no ar. Ele olhava para mim quando falava, ao passo que antes parecia comunicar-se através de uma caixa de espelhos e uma pele de tambor. Pela primeira vez, parecia mesmo que ele estava ali, na minha frente: não sonhando em algum outro lugar.

A senhorita Nili transformou-se na senhora – nossa *nona* – da casa, mas ele nunca disse nada a respeito dela, de sua posição. Alguma coisa no ar daqueles dias emocionantes parecia ser um preparatório para mudanças tão heterodoxas. O resto do país, afundando-se em dívidas sem paralelo, ia se equipando para uma mudança de ordem totalmente diferente: uma brutalização selvagem por meio da qual nossos *chandiyas* (nossos brigões) se transformariam em brutamontes, nossos libertinos de tornariam mercenários e nossos líderes se destacariam como pequenos megalomaníacos. Mas, naquele tempo, eu não tinha interesse real na política do interior: cada um tinha que viver de acordo com seus próprios sonhos. As mudanças na nossa casa foram importantes o bastante para mim. Não só os quartos trocaram de mão como foram colocados móveis em todos os cômodos; plantas foram importadas para cantos nus, novas cortinas de estilo *batik*, encomendadas; cadeiras velhas ganharam forro novo; as paredes, o trabalho em madeira, as persianas, tudo foi pintado. Muitas dessas coisas eu mesmo tinha organizado, mas era a simples questão de seguir instruções. Não tive que tomar decisões a respeito de nada; não precisei calcular a hora certa de fazer cada coisa nem as prioridades. A dona-*nona*, Nili, fez tudo. Não era à toa que ela cuidava da recepção do hotel Sea Hopper. Mas deixou a cozinha e o preparo das refeições inteiramente para mim; ela assumiu sua responsabilidade e, desse modo, permitiu que cada um de nós também se sentisse responsável por alguma coisa.

  Eu queria que ela experimentasse o mundo inteiro por meio dos meus dedos, de modo que cozinhei como um mágico: camarões-tigre em suflês com rum. Até cozinhei um lindo peixe-papagaio para ela na primeira vez em que ele a levou para a casa da praia.

  – Vamos mergulhar amanhã – ele disse. – Lá na minha baía.

– Mas não é perigoso...?
– É um mundo fabuloso. Fabuloso. Vou lhe mostrar os peixes, os corais. Podemos procurar tartarugas. E depois ficar flutuando na superfície. Nadar por sobre o abismo!
Nili ergueu as sobrancelhas.
– O abismo?
– Além do recife há uma encosta. O fundo do mar mergulha centenas de metros. O fundo do mundo. Nem dá para enxergar. É só um monte de estruturas pré-históricas. Enormes montanhas se erguendo. Mas é seguro. Se você ficar solta lá, pode flutuar até a Indonésia e voltar. Sem problemas – o senhor Salgado passou os dedos pelo cabelo comprido, puxando-o.
– Um abismo parece uma coisa tola.
– *Não é.*
– Não fique tão ofendido.
Ele se aproximou dela e ela esticou a mão para ele.
– Embaixo d'água – ele disse, e pegou-a no colo, puxando-a mais para perto. – Entendeu? *Embaixo d'água.*
Ela riu.

◆ ◆ ◆

ALÉM DO RECIFE, cardumes de peixes se transformavam em uma coisa deslumbrante. O senhor Salgado segurou a mão de Nili enquanto a espuma do mar que formava pequenos redemoinhos ia apagando as pegadas deles à medida que caminhavam pela areia. Para variar, não havia ninguém por perto (nenhum ouriço, nada boiando), a praia era só nossa, tirando, no começo, Wijetunga, o assistente do senhor Salgado.

Wijetunga me ajudou a desembalar os alimentos na cozinha. Ele tinha deixado crescer uma barba espessa. O seu cabelo estava mais comprido, e ele tinha desenvolvido uma risca baixa de um lado, onde fazia o cabelo atravessar de um lado da cabeça para o outro. Estava mais preparado para conversar comigo dessa vez. O menininho que costumava ajudá-lo não estava por ali. Quando perguntei do *kolla*, Wijetunga respondeu que o tinha mandado para a escola. "As crianças precisam receber educação. Senão, o que vai acontecer aqui? Neste país?"; à medida que ia falando, sua respiração ia ficando mais fácil, como se alguma coisa tivesse limpado seu nariz e sua garganta.

Mais tarde, o senhor Salgado apareceu para perguntar-lhe a respeito do trabalho. Wijetunga falou com a cabeça abaixada. Disse que precisava partir naquela tarde e se ausentar por alguns dias. Tinha enviado um pedido a esse respeito para Colombo. Não sabia que faríamos uma visita.

– Certo, certo – o senhor Salgado abanou a mão. – Tudo bem. Posso olhar os relatórios na semana que vem. Vá até o escritório em Colombo. Poderemos conversar na ocasião, assim será melhor.

O senhor Salgado parecia aliviado.

Depois, Wijetunga me perguntou:

– Por que ele não tem mais vindo com freqüência para cá? Faz semanas que não manda nem um recado. E daí, de repente, esta viagem. Por quê?

Mencionei a senhorita Nili.

– Mas quem é ela?

– Nili-*nona* – respondi. – Ela gerencia um hotel para turistas em Colombo.

– Turistas? – ele sacudiu a cabeça, desconsolado.

– Ouça, toda essa gente acha que os turistas serão a nossa

salvação. Eles só enxergam bolsos cheios de dinheiro estrangeiro. Chegam em aviões lotados. Será que ninguém percebe o que vai acontecer? Eles vão acabar com a gente. Vão nos transformar todos em empregados. Vão vender nossos filhos...
 Ele agarrou meu ombro com força.
 – Sabe, irmão, este país na verdade precisa de uma limpeza, *radical*. Não existe outra alternativa. *Precisamos destruir para poder criar*. Entendeu? Igual ao mar. Tudo que ele destrói é usado para formar algo melhor. – Largou a minha pele e ficou olhando para o mar revirando suas entranhas, um azul profundo se formando para engolir o sol.
 – Você já ouviu as Cinco Lições? – perguntou, com delicadeza. Não estava falando das Escrituras, dos Preceitos. Estava falando das lições simplificadas que explicavam a crise do capitalismo, a história dos movimentos sociais e a configuração futura da revolução cingalesa. – Você sabe o que aconteceu em Cuba?
 Eu respondi:
 – Mas sou apenas um cozinheiro.
 – Vamos ter que conversar mais, irmão, da próxima vez. – Sua barba se abriu, permitindo que um pequeno sorriso ferido transparecesse. – Não diga nada a ele, certo? Ainda não. Por enquanto, irmão, você cozinha. Mas um dia... – fechou os olhos por um instante – seremos capazes de viver por nossa conta.
 Fiquei imaginando se ele já tinha falado daquele jeito com alguma outra pessoa. Respirei fundo, mas o ar tinha um cheiro azedo, vindo do depósito de sementes de coco nos limites da propriedade.

◆ ◆ ◆

Naquela noite à beira-mar, preparei um *curry* de *pol-kiri-badun*, um *pittu* no bafo e meu prato mais especial de berinjelas, mas o senhor Salgado e Nili mal notaram o que eu tinha feito. As cascas roxas brilhantes tinham sido decoradas com os tomates verdes e nosso capim doce do tipo *Embilipitiya*, mas acho que seria difícil arrancar um elogio dos dois naquela primeira noite: estavam mesmo muito apaixonados.

Depois de comerem juntos, saíram para a praia. Imaginei-os com a lua nas mãos, os dedos entrelaçados, caminhando com cuidado entre os ovos de tartaruga, os ouvidos saturados pelo som das ondas, acariciados pelo vento e pelo sal e dilatando; suas línguas sem palavras buscando uma à outra, estimulando seus corpos. O mar tomando conta da praia inclinada, agarrando suas canelas com mil dedos e abocanhando a areia de baixo de seus pés.

O senhor Salgado seria capaz de explicar o exato declínio e fluxo de todo o emaranhado de galáxias em uma hora como aquela: como a luz da lua movimentava a maré, e como o céu se refletia no formato da cabeça de cada um, e como cada sensação deliciosa se alojava nos contornos de uma mente hipotética. E como tudo aquilo se movimentava conforme a terra se movimentava, a terra profunda dentro de nós: a única *terra firma* na nossa vida experimental.

No meu quartinho apertado, um pernilongo descobriu minha orelha e se refestelou. Cada vez que eu dava um tapão nele, um zumbido ritmado se erguia triunfante da minha cabeça dolorida. Eu o sentia perfurando minha pele; de acordo com o senhor Salgado, quando a gente sentia a picada, não era a malária recorrente que estava sendo injetada no nosso corpo em troca da picada, mas eu não tinha muita certeza disso. Então ouvi Nili e o senhor Salgado correndo pelo bangalô, entrando no quarto deles. Um chinelo (um *sereppu* de couro) caiu no chão de concreto e foi chutado, deslizando pelo piso. A casa toda parecia ranger e farfalhar com o vento que ia ficando mais forte; as persianas sacudiam. A confusão de sons era demasiada. Eu não suportava mais ficar dentro de casa e saí para mergulhar no rugido do oceano, mais simples, e permitir que, assim como as ondas, ele se enrolasse nos meus ouvidos para me sobrepujar.

De manhã, à primeira luz, o mar parecia uma panqueca de Madras. *Thosai* liso. Tranqüilo. Como os dois provavelmente demorariam um tempão para levantar, resolvi percorrer toda a praia. Um pouco além da baía, os barcos de pesca estavam chegando: embarcações pequenas e escuras com figuras semelhantes a palitos de fósforo voltando para casa.

A areia úmida abraçava meus pés descalços a cada passo, sugando a sola; as ondas borbulhavam por baixo da superfície, e caranguejinhos corriam para os seus buracos na areia. Depois de uns quatrocentos metros, cheguei ao local onde os barcos estavam parados. Havia uma fileira de grandes canoas negras sobre a areia seca, do tipo *outrigger**. Uma outra estava chegando. Três homens a puxavam para a praia: um empurrava de dentro do mar, os outros dois, um de cada lado, puxando pelos suportes, enfiando os calcanhares na areia e aproveitando o impulso de cada onda do mar.

"*Ahey, ohoy, apa thenna,
ahey, ahoy thel dhala...*"

---

* Outrigger: canoas típicas dos oceanos Pacífico e Índico, com estrutura lateral para manter o equilíbrio da embarcação. (N. T.)

A cada rima, puxavam, e o barco deslizava o equivalente ao comprimento de um braço. Quando eu os alcancei, o barco já tinha vencido as águas e estava na parte seca da praia espumante. Um homem subiu na parte mais estreita do barco e começou a jogar os peixes para fora. Jogou um enorme peixe listrado de azul aos meus pés.
– O que é isto? – eu nunca tinha visto um com cores tão bonitas antes.
– Peixe! – o homem riu. Ele estava em pé no barco com o sarongue enrolado, igual a uma tanga.
Perguntei onde ele tinha arrumado.
Ele ergueu o braço e apontou para o mar.
– Lá longe. Vamos até a boca do mar. – A ponta do abismo azul do senhor Salgado.
– Estava bom?
– Na noite passada, não estava muito bom por lá. Só pegamos alguns destes e uma cavalinha vadia idiota.
Os dois outros homens se aproximaram. Um deles tirou o chapéu verde e sujo que usava e coçou a cabeça.
– Às vezes, quando temos sorte, conseguimos pegar um tubarão ou alguma coisa maior. Mas a gente precisa mesmo de um motor Johnson para ir longe o bastante para isso, além do recife, e conseguir voltar a tempo.
– Às vezes, passamos a noite inteira no mar e não pegamos nada. Não é como antigamente, que eles vinham voando para a nossa mão.
Fiquei surpreso.
– Nada?
– Hoje em dia, não tem muito peixe, não.
– Por quê?
– O que é que a gente pode esperar, com este governo? – caçoaram, rindo.

A criatura listrada de azul estremeceu e virou de lado, temperando os dois lados de seu corpo com areia. Fiquei imaginando quanto tempo demoraria para morrer. Antes de cozinhá-lo, eu teria que lavar e eviscerar o peixe; tirar as escamas, mas manter a cor. Havia listras amarelas borradas, além das azuis. A boca era um bico duro de tenazes triangulares.

– Quanto custa? – perguntei, indicando o peixe com a cabeça. Achei que Nili ficaria impressionada.

Eles devem ter achado que eu era um verdadeiro *mahathaya* da cidade porque, quando peguei o dinheiro, um dos homens disse que limparia o peixe para mim. Eu nem tinha bolsa, só algumas notas no bolso da minha camisa. Gostei da idéia de eles acharem aquilo de mim, valia a pena pagar mais por isso. Jogaram as vísceras de volta à água para alimentar o mar.

Retracei meus passos apagados refletindo o tempo todo a respeito de como eu prepararia o peixe. Eu não fazia idéia de qual seria seu gosto. Talvez a cor não fosse camuflagem para proteger a carne, mas para desviar a atenção de seu gosto horrível. A melhor alternativa, imaginei, seria prepará-lo no vapor e colocar bastante limão no molho. Se grelhasse, destruiria toda a magia das cores e o objetivo de tudo aquilo.

Quando voltei, encontrei Nili sentada embaixo de uma árvore, brincando com o cabelo, erguendo-o e deixando cair sobre as costas curvadas. Sorriu sonhadora para mim.

– Que lugar maravilhoso, não?

Depois do café-da-manhã, sentei-me para observar o mar. Uma casa de praia requer muito pouco trabalho cotidiano. A areia entra em todo lugar, por mais que a gente limpe. Eram férias, de certo modo, para mim também.

Mais tarde, ela foi me observar na cozinha. Olhou por cima do meu ombro para o arroz refogado:
— Hmm, que cheiro delicioso.
— *Temperadu* — expliquei. Então lhe mostrei o peixe prontinho para receber o vapor.
— Que cores lindas!

Não pude evitar um sorriso.
— Você arrumou isto na praia?
— Com os pescadores — expliquei.

Ela chamou o senhor Salgado.
— Venha ver o que o Triton arrumou.

Ele apareceu.
— O quê?
— Olhe só este peixe azul.
— Peixe-papagaio — ele disse. — Tem um gosto meio forte. Mastigadores de coral. Se você fosse mergulhar comigo, eu mostraria. — Me senti nervoso e fraco. — Mas é muito bonito. Tenho certeza de que o Triton vai deixá-lo saboroso.

Passei a hora seguinte aflito, até terminarem de comer. Tive que produzir um pouco de *sambol* de pimenta e adoçar o molho de limão invocando todos os deuses do cozimento de peixe em todas as cozinhas apertadas da China para obter um resultado favorável. Felizmente, funcionou. Seja lá qual fosse o gosto do peixe, o molho chinês disfarçou. Nili continuava sorrindo no final da refeição, e o senhor Salgado se refrescava todo contente com uma cerveja. Ele caiu no sono em uma poltrona, e Nili conversou um pouco comigo.

Ela disse que o mar parecia bravo demais para mergulhar junto aos corais, mas que ela gostaria de ir ver os pescadores na manhã seguinte. Eu disse que a levaria. Não precisávamos ir tão cedo quanto eu fora naquele dia, porque os pescadores tinham me falado do mercado na cidade. Ela poderia dormir até mais tarde, expliquei, se quisesse.

◆ ◆ ◆

O SOL JÁ QUEIMAVA quando chegamos ao mercado, pela manhã. O fedor úmido de sangue de peixe fresco, entranhas, bile e salmoura cozinhando naquele calorão rolou rua abaixo e veio ao nosso encontro. Eu caminhava um pouco atrás de Nili: guia, protetor e acompanhante.

– Venha, por aqui – eu disse, indicando o caminho.

Vendedores berravam dentro do prédio de pedra cinzenta do mercado. A entrada era uma passagem estreita e escura, coberta de dizeres subversivos e pôsteres em homenagem à terra do leão. Levava até uma praça grande e plana a céu aberto. Peitoris em degraus erguiam-se por todos os lados até uma galeria romana coberta. A arena no centro era onde as maiores criaturas marinhas eram abertas. Quase pisamos em cima de uma enorme raia malhada camuflada sobre o chão úmido de concreto grosseiro. Nili viu os olhos do animal no chão e levou um susto. Deu um puxão em mim para impedir que eu pisasse em cima. A cabeça parecia a de uma enorme cobra naja. Na outra ponta do corredor, alguém gritou "*Mora!*", e uma pequena multidão se juntou. Algumas pessoas carregavam jornais e guarda-chuvas, outras traziam pequenos pacotes de peixe. Havia uma estupenda luta ocorrendo no chão, vi o corpo gordo e cinzento de um tubarão de recife se contorcendo enquanto o peixeiro o atingia com um cutelo. Espirrava sangue. A criatura saltava e estremecia. O homem dava golpes e mais golpes com seu cutelo reluzente, como se fosse um martelo. Batidas rápidas e precisas marcadas pelo som mais agudo da lâmina batendo contra o concreto, além dos olhos vidrados do tubarão. Só morreu quando a cabeça foi cortada fora, e o homem se levantou com as fileiras de dentes recurvadas do animal na mão, sorrindo. Sangue espesso e negro saía aos jorros do corpo no chão, formando uma poça. Alguém jogou um balde d'água e mandou tudo para a sarjeta. Olhei para Nili. Ela segurava a barriga, o rosto tenso.

Caminhamos pela galeria e apontei para os peixes arranjados com cuidado em fileiras sobre mesas de madeira. Os olhos pareciam botões, e as bocas estavam bem abertas em "O" escancarados de surpresa por terem sido tirados do mar, sem fôlego, afogando-se em uma lua de ar quente, seus estômagos revirando-se antes que fossem abertos e eviscerados.

– Peixe? Caranguejo? Lagosta? – perguntei a ela. – O que eu compro?

Caranguejos e pitus eram apresentados em cestas, prontos para serem mergulhados em água fervente. Eu achava que esse tipo de animal amaldiçoava seus caçadores enquanto o ar assobiava por entre suas juntas teimosas, mas eles não sentem nada e podem quebrar o seu dedo se tiverem meia chance de fazê-lo.

– Estes aqui – ela disse, apontando para os pitus.

Comprei três amarrados com folhas de coqueiro. Acho que ela nunca tinha estado em um mercado de peixe antes, pelo menos não em um tão tosco quanto aquele. Imagino que nunca tenha tido razão para ir a um lugar daqueles.

Percebemos uma onda de agitação do outro lado do corredor.

– O que está acontecendo? – Nili perguntou.

– Alguém pegou um golfinho – respondeu o vendedor de caranguejo.

– Pegaram um golfinho?

– É, e vão matar rápido. Dá muito dinheiro. É o dia de sorte de alguém.

– Vamos embora – Nili disse e puxou meu braço. – Quero voltar para casa agora.

– Isso acontece – eu disse a ela. – Eles precisam ganhar a vida.

– Matar... – sacudiu a cabeça para si mesma. – Por que golfinhos? O que virá a seguir?

Lá fora, um homem enchia um caminhão sem identificação com cestas de peixes mortos. Pequenos pedaços de coral branco descolorido marcavam o estacionamento municipal.

◆ ◆ ◆

POUCO DEPOIS DISSO, já de volta à cidade, Nili abandonou o emprego. Disse que estava na hora de começar a pensar em seu próprio hotel. Mas, em vez disso, ela e o senhor Salgado passavam o tempo todo no quarto dele (que agora era dos dois), ou visitando amigos, indo a clubes noturnos e até a restaurantes, para comer a comida dos outros. O projeto costeiro do senhor Salgado já tinha passado do ponto máximo; deveria estar reunindo suas conclusões em um grande relatório, mas, em vez de analisar e escrever, ele fazia delongas. De vez em quando, pedia a Wijetunga que colhesse mais dados, mas nunca estudava os resultados. Ocasionalmente, levava uma batelada de papéis para casa e entrava em seu escritório. Mas então saía para dar uma volta, para "tomar um ar". Via Nili na varanda e se esquecia de voltar. Ela despertava o *socialite* que existia dentro dele e ofuscava o estudioso. Não era nada deliberado da parte dela, mas um simples desejo dentro dele.

Nesse ínterim, a preocupação nacional pelos mares *internos* foi crescendo conforme os políticos invocavam as visões espúrias de reis antigos. Todos os nossos engenheiros, que estudaram em Londres e na Nova Inglaterra, de repente viram grande vantagem na retomada das técnicas tradicionais de irrigação. Mas o senhor Salgado deixou que todas as suas maquinações passassem em uma espécie de torpor. Nada daquilo fazia a menor diferença para ele na época.

Às vezes, à noite, quando eu servia minha comida caseira, eles falavam de restaurantes como o Blue Lagoon e o Pink Barracuda: tinham que ir lá; ou quando alguma pessoa ou outra os encontraria lá, ou em algum outro lugar. Durante uma dessas conversas, ouvi falarem de casquinha de caranguejo assada. Nili tinha adorado a farinha de rosca espalhada por cima e a mistura de carne de caranguejo e queijo por dentro, a especialidade de algum chef-*nouveau* que tinha freqüentado a nova escola de hotelaria. Eu não conseguia acreditar que era só aquilo: queria pedir mais detalhes, mas o senhor Salgado disse:

– O Triton pode preparar esse prato.

– Mas você acha que ele vai saber como fazer?

Fiquei estupefato por ela achar que eu não conseguiria. Àquela altura, achava que já tinha demonstrado minha versatilidade, o alcance infinito das minhas habilidades, e ela devia ter um pouco mais de confiança em mim. Mas pa-

recia tão convencida de que caranguejo assado estava além do meu alcance que perdi todas as esperanças de algum dia comprovar o meu valor. Eu não conseguia entender. Queria poder me virar do avesso e começar tudo de novo. Queria saber mais sobre as pessoas, sobre mulheres como ela.
— Asso o caranguejo todo? — perguntei.
— Só o corpo. — O senhor Salgado olhou para ela. — Encha a casca com toda a carne das pinças e das pernas. Tire tudo, misture e recheie a casca.
— Rechear?
Nili fez uma concha com a mão e cutucou a forma com a outra mão.
— Isso, recheie, Triton, com cebola e salsinha e queijo, sabe como é, e recheie.
— E caranguejo? — disse, já imaginando meia colher de pimenta-do-reino, uma pitada de canela moída e coentro verde e fresco bem picadinho. Limão e um pouco de álcool da garrafa que o senhor Salgado ganhara do Natal do professor Dunstable tornariam o prato excepcional e, eu tinha certeza, melhor do que qualquer coisa que ela tivesse comido em algum restaurante de hotel metido. — Sim, posso fazer. Sem problema. Amanhã? — Bem no meio do recheio, eu colocaria uma fatia de pimentão verde sem sementes com óleo virgem de coco.
Ela olhou para mim e sorriu, simpática.
— Não, amanhã não, Triton. Temos uma festa amanhã à noite. Vamos sair.
Dei de ombros.
— Quando quiser, é só dizer.
Iam a tantas festas que eu perdi a conta. Mas essa festa revelou-se algo mais importante: o início da era do Esquema Mahaweli. Um passo gigantesco na irrigação do interior, como não se via em mil anos. O desvio do maior rio do país.

No dia seguinte, pareceu que os dois passaram a tarde toda se preparando para a festa.
– Todo mundo vai estar lá! – o senhor Salgado disse a ela. Era o maior evento do tipo, desde que o governo restringira as festas sociais a no máximo duzentos convidados, nossa medida mais explícita de austeridade.
– Eu sei. Aquele ministro de quem todo mundo tanto fala é convidado de honra, não é? É por isso que é tão grande. O que será que eu devo vestir? O que você quer que eu vista?
– Não sei – ele parecia preocupado. Acho que não estava muito ansioso pela festa.
– O de seda de Benares? O roxo?
Mas roxo não caía muito bem nela. Eu poderia ter dito isso a ela. E a seda indiana, nas raras ocasiões em que eu a vira usar, fazia com que ficasse parecida com uma trouxa de pano de Pettah*. Era pomposo demais para a sua silhueta magra.
Ele não disse nada.
– Você tem certeza de que fui convidada?
– Foi sim, querida.
– O que foi que disseram?
– Disseram que você foi convidada.
– Eu? Tem certeza? Ou será que é para *esposas*?
Ele olhou para os sapatos. Havia uma abertura no esquerdo, na parte da costura da sola.
– Disseram para eu levar você.
– Você acha que não vai cair bem. É mais um sinal da sua depravação, não é? Eu não sou uma vadia com *pedigree*, é isso? Quando se trata dessas coisas, eu não estou à altura? Será que não apreciariam uma certa perspicácia...

---
* Pettah: bairro pobre de Colombo. (N. T.)

– Ei, eu quero que você vá. Vista qualquer coisa. Roxo está ótimo. Ou aquela outra coisa. Use qualquer um... Eu preciso comprar sapatos novos.

Enquanto ele foi às compras, eu passei as roupas. Tive que passar tudo, e ela deve ter experimentado peça por peça na frente do espelho comprido do quarto. De vez em quando, eu ouvia o espelho rangendo quando ela tentava ajustar a inclinação dele para captar a luz que vinha de fora. Se ela o ajustasse corretamente, podia ver a roupa de cima a baixo. Por volta das cinco da tarde, a cada cinco minutos mais ou menos eu levava peças de roupa e as colocava na mesinha do corredor ao lado da porta do quarto dela. Ela devia estar suando como um porco, pela rapidez com que trocava de roupa. O quarto ficava quente à tarde porque o sol batia direto nele. As janelas podiam pegar uma boa brisa, mas ela as tinha fechado para impedir que o vento abrisse as cortinas novas de *batik*, revelando o corpo dela para os olhos à espreita dos pardais e dos passarinhos *minah* com olhos de galo.

No final, bati na porta e perguntei se ela queria uma xícara de chá.

– Quero – ela respondeu por entre os dentes, debatendo-se dentro de mais uma vestimenta apertada, que sugava a pele, do outro lado da porta de madeira.

Quando levei o chá, um pouco mais tarde, ela abriu a porta para mim. Estava usando o chambre do senhor Salgado. Havia um brilho em seu rosto, como se ela tivesse tomado banho sem ainda ter se secado, apesar de que nem a água da banheira nem do chuveiro tinha sido aberta. Estava levemente sem fôlego, o nariz inchado de respirar aquele ar quente; sorriu para mim, abrindo as narinas ainda mais. A umidade saía de dentro dela e atravessava sua pele lindamente, formando gotas pesadas e gordas.

– Exatamente o que eu precisava – ela disse, pegando a xícara. Atrás dela, dava para ver roupas em pequenas pilhas coloridas, espalhadas por todo canto. A cama e a cadeira eram uma profusão de seda. Um pouco de renda preta aparecia na gola do robe. O suor dela tinha um cheiro doce, maduro.

– Quer que eu traga mais alguma coisa? – perguntei. Ela riu.

– Não. Vou tomar meu chá e depois me preparar. Este negócio todo é mesmo muito idiota.

O senhor Salgado voltou um pouco depois com seus sapatos novos embrulhados em jornal. Entrou no quarto onde ela estava e depois de um momento saiu de lá com o rosto franzido e me pediu para colocar as coisas dele no outro quarto, onde ele se vestia.

Quando finalmente saíram de carro naquela noite, pareciam um par dos mais reluzentes: Nili de turquesa com enormes brincos prateados pendurados nas orelhas; o senhor Salgado com uma túnica nacionalista cinza claro, calças e os sapatos pretos novos.

Enquanto o carro do senhor Salgado saía roncando pela nossa alameda sem iluminação, senti dentro de mim que tudo estava escapando, para fora do alcance, para algum outro mundo.

◆ ◆ ◆

Não tinham dito onde seria a festa, mas eu imaginava o senhor Salgado e Nili em algum terraço com vista para o mar, dançando o chachachá ou o passo do *kukul-kakul*. A banda tocando como nos discos antigos. Um cachorro marrom e branco sentado ao lado do palco, olhando dentro de uma corneta de latão, as ondas quebrando na praia, a areia de coral moído do senhor Salgado se agitando, e os pés dos dois traçando uma figura complicada pelo chão de lajotas reluzentes. Luzes penduradas nos coqueiros piscando como estrelas e garçons servindo rabos de lagosta, camarões *vadai* e ovos cozidos temperados em bandejas de prata do tamanho da lua. Comecei a imaginar como teria sido se eu tivesse ido trabalhar em um restaurante desde o começo, ou se eu tivesse ido para a escola da hotelaria, como ela chegara a sugerir. Para estar no meio dos acontecimentos em vez de ficar sempre imaginando como tudo seria. Parecia haver mais futuro em uma instituição, eu pensava com a inocência que tinha na época, do que em uma casa; mas a gente precisa aceitar as coisas do jeito que acontecem. Talvez fosse melhor ter a possibilidade de sentar nos nossos próprios degraus da frente e imaginar o camarão *vadai* que eu flambaria para aquelas madames glamorosas com lábios cor de ameixa do que estar lá levando pisões dos saltos-agulha delas, recebendo ordens e correndo a noite toda de um lado para o outro, sem ter tempo nem mesmo para pensar para que diabos serve tudo aquilo. Já é bem difícil pensar em qualquer lugar. O jardim estava cheio de sombras, e os desgraçados dos cachorros do número 10 latiam. Mas, e se Nili gerenciasse um restaurante e eu ficasse encarregado da cozinha...?

    Já era mais de meia-noite quando eles finalmente voltaram para casa. Ela dirigia. O Alfa azul parou bem na ponta da varanda. Ela desligou os faróis e depois o motor. Saiu primeiro e caminhou até o outro lado e abriu a porta para ele.

    – Venha, chegamos em casa.

    – Você dirigiu? – ele parecia sonado e surpreso.

    – O que você acha?

– O que aconteceu com o motorista?
– *Há quanto tempo isto vem acontecendo...* – ela cantarolou baixinho.
– É bom a gente não ter motorista, sabe? – sacudiu um dedo comprido e esticado para ela. – Você soube o que aconteceu com o Bala?
– Venha, vamos entrar.
– O Bala chegou ao carro e aquele infeliz, seu maldito motorista, enfiou uma faca nele. Por que ele fez isso? Cortou-o todo. Tentou atingir a garganta. Foi uma tremenda briga. Por que aquele imbecil atacou o Bala?
– Não sei, vamos. Venha comigo. – Ela o puxou por um braço e quase caiu. – Venha, você disse que queria fazer amor, não é mesmo?

Ele se ergueu do carro todo desajeitado e saiu mancando, abraçando-a. Eu não fui até lá, apesar de os dois parecerem vacilantes. Fiquei no meio das sombras.

– O Bala agora deixou crescer a barba. Tem pavor de ir ao barbeiro. Parece aquele tal de Che Guevara. – Entraram e se dirigiram para o quarto. – Aquele Wijetunga da praia também deixou a barba crescer, você viu? Essas porcarias dessas barbas estão em todo lugar. – Ouvi quando ele desabou e a senhorita Nili xingou baixinho. Um pouco mais tarde, ela deu uma espiada para fora.

– Dona?
– Traga um pouco de água para mim, Triton.

Levei para ela um copo de água fresca filtrada. Quando voltei para a minha cozinha, ouvi-a colocando um disco para tocar na sala de estar. A música invadiu a casa. Quando a canção terminou, alguém apagou uma luz na casa vizinha. O jardim ficou mais escuro, a música, mais opressiva. Tive vontade de ver o que estava acontecendo.

Peguei um par de toalhas amarelas do armário de roupa de cama e de banho e entrei. A vitrola estalou e começou a tocar mais um disco. Era uma música a respeito de uma grande cama de latão. Dei uma olhada para dentro do quarto. O senhor Salgado roncava suavemente na cama. Tinha tirado a túnica e aberto a calça, mas continuava calçado, com os cordões dos sapatos desamarrados. A luz de cabeceira estava acesa. A senhorita Nili não estava à vista. Fui até o banheiro e abri a porta em silêncio. Ela estava em pé na beirada da banheira: uma perna erguida, o pé apoiado na borda; ela se limpava com um pano cor-de-rosa. Suas roupas estavam jogadas em uma cadeira. Estava completamente nua. Virou a cabeça para o lado e colocou o cabelo atrás da orelha. Dava para ver os mamilos dela; os peitos eram como marcas de anéis quase apagadas. Dava para ver suas costelas, a barriga pequena arredondada. Covinhas. Ela ergueu os olhos, e eu achei que ia explodir. Joguei as toalhas na cesta de palha ao lado da porta e voltei correndo para o meu quarto.

Meu peito doía. Ela não tinha dito nada. Deve ter me visto parado ali, olhando para ela e, no entanto, não disse nada. O sangue pulsando dentro de mim me deixou surdo.

Fiquei esperando no meu quarto. Não sei o que pensei que iria acontecer, mas era a única coisa que eu podia fazer. De vez em quando, ouvia barulhos, como se alguém estivesse se aproximando. Mas depois de um tempo, já não conseguia mais distinguir o que estava acontecendo. Tentei retraçar todos os meus passos na cabeça, mas não consegui. E, ainda assim, conseguia enxergar o corpo dela bem definido. Como se estivesse perto de mim, pairando cada vez mais próximo.

❖ ❖ ❖

CERTA MANHÃ, Robert, nosso convidado do Natal, apareceu com outra mulher em um táxi. Usava *shorts* e óculos escuros. Abri o portão. Ele pediu para falar com o senhor Salgado. Disse que ele tinha ido para a praia fazer sua calistenia.

– Certo, vamos esperar – Robert disse, sorrindo educadamente.

Acomodei-os à janela panorâmica da frente, e a mulher começou a explicar alguma coisa a ele. Virava a cabeça de um lado para o outro, como um pássaro olhando ao redor, examinando um mundo novo. A senhorita Nili, que ainda não tinha se trocado, ouviu quando eles chegaram e me chamou. Perguntou quem estava lá. Respondi que era o senhor americano do Natal. Falei que ele parecia um ator de cinema.

– Ator de cinema americano?

Assenti.

– E ele trouxe uma senhora que eu nunca tinha visto.

– Ah é? – ela avançou, vestida apenas com seu quimono branco e preto, as pernas recém-raspadas brilhando.

– Dona – eu disse, mas ela nem reparou.

– Olá – ela os cumprimentou, o corpo apoiado no batente da porta.

A mulher ergueu os olhos e sorriu, nervosa. Robert pulou da cadeira.

– Oi – ele respondeu. – Queríamos ver o Ranjan.

– Por quê? Ele não está esperando por vocês.

– Eu não estava esperando *por você*!

– Então, vocês só querem falar com ele?

– Estamos fazendo uma pesquisa, só isso. Se eu soubesse que você estaria aqui...
– Pesquisa de quê?
Robert deu um sorriso forçado e apontou com a cabeça para sua acompanhante.
– A Sujie adoraria conhecê-lo. Eu disse a ela que ele é *o* especialista no litoral sul. A autoridade máxima.
– E daí? – a senhorita Nili deu um abraço em si mesma, segurando os ombros com as mãos.
– A Sujie é jornalista. Ela quer fazer uma reportagem. A mulher assentiu com a cabeça, mas continuou com os olhos pregados na senhorita Nili.
– Sentem-se – ela deu de ombros. – Sentem, sentem. Triton vai servir um chá.
– Tem suco de limão? Ou quem sabe uma cerveja? Alguma coisa gelada seria ótimo. – Robert recostou-se na poltrona. As pernas dele tinham músculos robustos e esquisitos, como se fossem cobras amassadas, sob sua pele, e os dedos dos pés pareciam ter sido moldados em ruas de concreto, a carne inchada ao redor das unhas minúsculas. Sentava-se com as pontas dos pés apoiadas no chão.

Só tinha me sobrado um limão na cozinha; felizmente, havia uma velha garrafa de soda limonada no fundo da geladeira. O senhor Salgado a tinha aberto para preparar algum novo coquetel cítrico sobre o qual tinha lido. Estava sem gás, mas gelada. Coloquei um pouco de gelo em um copo e levei a garrafa junto com um pouco de chá para os visitantes. A senhorita Nili sentou-se com eles e ficou ouvindo Robert discursar a respeito da vida nos vilarejos e das próximas eleições gerais.

Coloquei o copo com gelo na mesa ao lado dele. Ele não olhou para mim, estava ocupado demais com a história que contava à senhorita Nili. Ela só ouvia pela metade o que ele dizia; estava estudando a mulher, a jornalista, que parecia absorta admirando o meu chá do interior, enviado diretamente do produtor pelo primo do senhor Salgado e preparado com tanto cuidado. Ela olhava para a xícara como se nunca tivesse visto chá na vida. Seu cabelo preto, macio e liso se espalhava pela testa e caía sobre seus olhos de cachorro brilhantes, mas ela não o afastava; a cabeça estava afundada entre os ombros roliços, e ela agarrava a xícara com as duas mãos. Talvez fosse assim que uma repórter de verdade chegava ao cerne de uma matéria. Reparei que ela de fato tinha um caderninho (um caderno de espiral escolar) enfiado na bolsa com uma caneta esferográfica amarela presa a ele. O que será que ela anotava? Quando? E como transformava aquilo em *notícia*?

– Você é repórter? – a senhorita Nili perguntou quando Robert parou para tomar fôlego.

A mulher ergueu os olhos, surpresa.

– Sou, quer dizer, não, sou redatora. Agora eu só faço grandes matérias. – Deu o nome de uma revista semanal. Os cantos dos lábios de Nili estremeceram, como se ela quisesse sorrir. Ficou olhando para ela durante muito tempo.

Robert sacudiu o gelo no copo e disse:

– Esta casa é mesmo ótima. Muito boa.

– E que matéria você está fazendo agora? – ela falava de novo com a outra mulher, ignorando Robert.

– Para falar a verdade, ainda não temos muita certeza, mas o Robert acha que eu preciso conhecer pessoas que conhecem o litoral, e nos disseram para falar com Ranjan Salgado. Então, aqui estamos. Na verdade, estou nas mãos do Robert, sabe como é – ela olhou para Robert de maneira suplicante, mas ele tinha fechado os olhos por um instante.

A cabeça dele estava bem para trás. Viam-se dois claros na barba, bem em cima da garganta, como se tivesse levado uma mordida.

— Sei.

Ele abriu os olhos e olhou diretamente para Nili.

— Bom, você sabe, há muita coisa que ninguém entende muito bem acontecendo por aqui. Acho que temos algumas lições realmente importantes a aprender por meio da observação do comportamento deste país extraordinário, profundamente *erótico,* no meu ponto de vista... — ele deu um sorriso forçado de novo.

— Você veio aqui para isso?

— Claro.

— Que bom para você.

— Quer dizer, você já viu as danças que fazem mais ao sul, na praia? De outro mundo. Sem pudor nenhum. Uma loucura total.

Então o senhor Salgado tocou a buzina no portão, e eu fui abrir.

— Tem gente aí, patrão — eu disse. — Aquele Robert-*mahathaya* e uma moça do jornal vieram falar com o senhor.

— Quem? — ele olhou para mim, desconfiado.

— Querem conversar com o senhor. A respeito do mar.

Ele fez o carro passar por sob o pórtico.

Robert pulou da cadeira mais uma vez quando o senhor Salgado subiu os degraus.

— Belo carro — disse.

A xícara de sua acompanhante chacoalhou no pires, derramando um pouco de chá.

— Desculpe, desculpe — ela disse baixinho para a xícara.

O senhor Salgado lançou um olhar de desaprovação para Nili com seu quimono; ela puxou a gola e disse:

– Robert trouxe a amiga dele para falar com você.
A moça jornalista estendeu a mão.
– Ouvi falar muito do senhor. É um prazer conhecê-lo.
– É mesmo?
– É, gostaríamos de falar com o senhor a respeito do litoral sul. Sobre o que o senhor acha. Seria realmente ótimo saber o que pensa, já que é especialista. Ajudaria de verdade.
– O que exatamente a senhora quer saber?
Ela empurrou o cabelo para trás e olhou para Robert:
– Bom, para colocar de maneira simplificada, resumida, como o senhor acha que a erosão do mar está alterando a vida dos vilarejos litorâneos?
Robert inclinou-se para frente.
– Você acredita que o mar está tomando a terra, certo?
A senhorita Nili se levantou.
– Vou deixá-los com seu mar erótico – ela disse, e entrou.
O senhor Salgado ficou observando-a até que desaparecesse. Ela estava descalça.
– O quê?
Robert também a observava.
– A erosão. A erosão do mar – ele disse, apressado. – Você disse que o mar vai reduzir o tamanho das praias no litoral sul. Nós queremos saber, isso já está acontecendo? Em que grau? Já mudou a maneira de viver nos vilarejos?
O senhor Salgado tinha o cenho franzido. Algo dentro de seu crânio puxava a pele de seu rosto para dentro; aquilo o absorvia completamente. Os outros dois ficaram lá esperando. Depois de um momento, ele suspirou.
– Olhe, o nosso projeto é muito simples. Meus camaradas escreveram algumas teses sobre o assunto; o equilí-

brio da água e o efeito da sujeira humana na vida dos pólipos. A senhora deveria ler essas teses. Não examinamos de perto nenhum vilarejo, nenhum povo. Tenho certeza de que o modo de vida deve ter mudado, talvez porque o mar esteja subindo. Mas talvez porque Armstrong foi lá chutar a lua. Ou talvez porque alguém no Brasil inventou o saco plástico perfeito, ou talvez até porque algum revolucionário de Lumumba esteja discutindo o preço do peixe. Eu não sei. O que faz a vida da gente mudar? Manchas solares? – estava olhando para Robert.

– Certo, certo. São muitas coisas. Está bem, já entendi. Muita coisa muda. Mas achamos que talvez você pudesse isolar um fator. Que tal?

– Vá ao Ministério. Aquele pessoal lá diz que sabe tudo. Acho que eles podem ajudar. Eu, não. Nós, não.

O senhor Salgado estava aborrecido. Aquilo fazia com que ele ficasse inalcançável. Eu logo tinha aprendido a deixá-lo em paz quando estava aborrecido ou de mau-humor. Não havia como saber o que estava acontecendo com ele. No final, o mau-humor sempre acabava; ele conseguia superar. Então, depois de uma boa refeição, um copo de cerveja, a vida retornava ao normal. Mas demora um tempo, anos, para aprender como cada pessoa lida consigo mesma, como elas se acostumam com as mudanças que acontecem, que sempre acontecem em torno delas.

◆ ◆ ◆

PARA O CÍRCULO DE amigos da senhorita Nili, ela e o senhor Salgado eram um exemplo ousado de casal verdadeiramente moderno: apaixonados, independentes e despreocupados. Eles eram *bacanas*. Mais hedonistas do que o filme mais recente de Zeffirelli, *Romeu e Julieta*. Um contraste atraente em relação ao desalento de uma nação lutando com os dilemas do crescimento sem sustentação econômica. Em vez de cultivar uma família extensa, criamos uma rede de admiradores, gente que desejava o mesmo para si, e pessoas que gostavam de estar por perto. Todos adoravam minha comida. Se eu estivesse cozinhando para duas pessoas, logo seriam uma meia dúzia à mesa. Esse pessoal não parava de chegar, ansiando pela nossa comida e louco para ver quanto tempo o romance ia durar. Nenhum deles, nem Danton Chidambaram, o advogado, nem Vina, que tinha aberto uma butique de *batik*, nem o namorado dela, Adonis, com sua motocicleta fluorescente, nem Sarina, que queria ser modelo, nem Jay, nem Gomes, nem Susil Gunawardene jamais deram nada em troca. Nenhum deles, a não ser o querido Dias, que teria dado a sua vida se preciso, qualquer coisa. Chegavam em grupos de três ou quatro o tempo todo, e no fim de semana – *poya* ou não – invadiam o lugar em hordas. O senhor Salgado permitia que freqüentassem a casa e aprendera a recebê-los (os amigos dela) com uma cerveja gelada e um sorriso indulgente. Aprendeu a gostar da adulação maliciosa deles, apesar de que a socialização parecia estar reduzindo muito o tempo que ele passava com Nili. Então, em abril daquele ano, Palitha Aluthgoda foi assassinado.

    Ele era o dono de uma das maiores empresas privadas da ilha. Tinha uma mansão perto do cemitério. Eu nunca o vira, mas todo mundo já tinha ouvido falar dele. A vida de Palitha Aluthgoda fora fabulosa. Era um homem de Nugegoda que tinha começado a vida humildemente, como mecânico de uma oficina perto do hospital de olhos. Mas era inteligente. Conseguira fazer carreira no ramo do transporte e então, por meio de um tio no partido do governo, montara uma empresa de importação e exportação e ganhara dinheiro aos montes. Transformou-se no milionário mais em evidência do país. Tinha tudo, em uma época em que ninguém tinha nada. Então, em um dia ensolarado, quando ele parou seu Mercedes branco perto da ponte de Dehiwela e gritou para que um sorveteiro trouxesse um sorvete de *palam* para sua nova amante, o sorveteiro sacou uma metralhadora e o fuzilou. Duas balas de nove milímetros estouraram os olhos; o rosto explodiu. Gente gritava por todo lado, e sorvetes de *palam* e de chocolate espalharam-se por todo lado, derretendo ao sol. O assassino saiu à toda de moto. Era uma notícia importantíssima. Ninguém acreditava que algo assim poderia acontecer. Naquele tempo era assim; foi um verdadeiro choque. A morte foi monumental: virou manchete de primeira página de todos os jornais. E a história do assassinato, os boatos sobre as amantes, ciúme, conspirações comunistas, necromancia, os baixos lucros das empresas e a misteriosa justiça cósmica circulavam por todo o país e ressoavam na nossa casa, durante aquelas costumeiras reuniões.

Dias chegou trazendo uma porção de notícias enroladas com seu jornal.

– Você-sabe-bem-o-que-eu-estou-dizendo-cara, já ouviu as notícias? O que você acha disto? Aluthgoda morto com uma metralhadora Bren!

– O que, cara? O quê?

– Ele já devia estar esperando. Não dá para ferrar todo mundo igual ele fazia sem se ferrar um dia também. – O bigode de Danton Chidambaran estremeceu de satisfação com a elegância de sua própria análise.

Mas Jay, um rapaz que já ia ficando prematuramente careca, que com freqüência falava sobre a fraternidade da espécie humana, discordou.
– Não tem nada a ver com essa história de ganhar muito dinheiro, cara. Vou dizer o que foi: a porcaria do estilo de vida dele. Gastava como se não houvesse amanhã, como se ninguém desse a mínima. Sabe como é, vivia igual a um lorde enquanto o resto de nós tinha que apertar o cinto...
– Consumo conspícuo – alguém sussurrou.
Vina ergueu seus olhos sombreados de azul para o céu.
– Eu sabia que alguém ia apagar esse sujeito. Já tinha uma bala vindo na direção dele desde o dia em que nasceu. Aquela puta dele foi um monte de vezes à loja, mas nunca comprava nada de mim. Sempre fazendo muitos *ohs* e *ahs*, tirando tudo das prateleiras, mas no fim vinha com alguma desculpa por causa da cor ou qualquer coisa assim... Não sei como foi que esse papo de comprar tanta coisa começou, mas nunca gastaram nem um centavo na minha loja!
– Mas ser assassinado daquele jeito? Com uma metralhadora Sten, não foi? Em plena luz do dia? Como é que uma coisa dessas pode acontecer? Que diabos está havendo?
– Gomes era funcionário da rádio Ceilão, sempre estupefato com tudo que ocorria à sua volta. Só sabia falar com um tom agudo de incredulidade.
Jay sacudiu a cabeça, enojado:
– *Chi*! Este país vai terminar igual a uma droga de uma república das bananas.
– Não, não, não, não – Dias não se conteve. – Afinal, o que vocês acham do SWRD, o velho Bandaranaike*? Ah, o

---

* Solomon West Ridgeway Dias Bandaranaike (1899-1959), fundador do partido da Liberdade do Sri Lanka, eleito em 1956 para o cargo de primeiro-ministro e assassinado em 25 de setembro de 1959. (N. E.)

assassinato *dele* foi inédito de verdade. Aquilo nunca tinha acontecido em nenhum lugar do mundo. Mesmo antes de Kennedy, nós já tínhamos um assassinato verdadeiramente moderno. *Assassinato*, sabem como é. Foi uma exibição bem ousada, matar o primeiro-ministro daquele jeito, mas é preciso reconhecer que aquele pessoal sabe mesmo fazer esse tipo de coisa. Não somos assim tão atrasados. E onde mais uma porcaria de um monge poderia ter feito isso? Fico até achando que deviam usar esse truque com mais freqüência, sabem? Percebam, com uma veste de *hamudurova*, dá para esconder até uma bazuca e ficar lá como quem não quer nada. Ninguém vai perceber nada, vão ficar achando que você só está contemplando o nirvana. É só ficar parado olhando para uma folha de bananeira ou qualquer outra coisa com o semblante bem sério.

– Mas precisa segurar o cano apontando para baixo, hein? – Adonis se levantou para demonstrar, o braço sacudindo entre as coxas.

– *Chi*, Adonis, pare com isso. – Vina deu um tapa na bunda dele.

– Aliás – Dias prosseguiu –, é só você ficar lá para ver o que acontece. Ninguém vai vir incomodar. É só raspar a cabeça, e logo você chega lá... em qualquer lugar. Até mesmo hoje em dia.

– Mas por quê? Por que Aluthgoda recebeu um tiro no pescoço? – Gomes se intrometeu.

– Estou dizendo que foi no rosto, cara.

– Mas por quê?

– É o que todo mundo quer saber.

– Ele tinha um império, não tinha? Você acha que ele estava tentando assumir o controle da fábrica de sorvete?

Dias abriu o jornal.

– Cada um tem uma teoria diferente.

Apenas Nili se manteve calma.

– Mas ele construiu uma reputação muito ruim, pelo jeito como vivia. É mesmo uma vergonha. Este país merece coisa melhor. Homens decentes, não salafrários como ele...

Sarina, que gostava de copiar tudo que Nili fazia, assentiu.

– Tinha que acontecer. É exatamente isso que acontece quando quem não tem nada vê o pessoal que tem tudo com tanta coisa – ela olhava para o Adonis de Vina, enquanto falava. Ele tinha se sentado e pegado a mão de Vina e estava chupando os dedos dela lentamente.

– Se você estiver certa e o motivo por trás disso tudo for mesmo todo o dinheiro que ele ganhou, a morte do capitalismo, então eu acho que aquele sócio dele, o Mahendran, deveria ter ido primeiro. Sabe como é, os universitários dizem que indianos como ele são a Quinta Coluna – Jay dava prosseguimento ao seu discurso monótono, como professor escolar. – Primeiro os negócios, depois o exército entra. É o oposto completo do método alexandrino de construir impérios. É o estilo asiático, não é verdade?

– Anglo-asiático!

– Então você acredita nesse negócio de expansionismo indiano?

– Por que não? – a cabeça reluzente de Jay pendeu para o lado. – Mas e os naxalitas deles?

– Naxa-o-que, cara? Basta olhar para os números. A demografia é o que direciona a política. Sempre foi assim. Centenas de milhares pipocando... igual à China.

Quando o senhor Salgado falou, soou muito sombrio. Ecoou a sensação de Nili.

– Só sei que é um negócio muito feio. Esse tipo de coisa é muito ruim.

Por um instante, a conversa cessou. O ar quente retumbou com o som distante de um trem e do mar, o vento nas árvores.

Algumas semanas depois, o grande homem e sua morte desapareceram dos pensamentos de todo mundo. Palitha Aluthgoda, depois de tanto esforço para construir uma reputação, acabou sendo lembrado apenas pela maneira como morreu. O trabalho de seu assassino, um guerrilheiro qualquer desconhecido, transformou-se em uma conquista bem mais duradoura.

♦ ♦ ♦

– VAMOS COMER FORA hoje – disse a senhorita Nili. – Tem aquele lugar novo, perto do parque. Vamos lá.
– Mas nós saímos ontem à noite!
– E daí?
– Em vez disso o Triton pode fazer uns caranguejos para a gente. Ou camarões. Podemos convidar o Dias e o Tippy* para jantar, daí fazemos uma festa.
– Estou cansada daqueles dois. Eles só sabem falar de corridas e de pôquer.
– Mas o Dias não é assim. Ele é um bom camarada.
– Eu gosto do Dias, mas aquele Tippy... não sei o que você vê nele. Ele é uma má influência para todos vocês.

---

* Tippy: "pontinha", em tradução livre. (N. T.)

O senhor Salgado riu. Tippy era um dos amigos pessoais dele. Tinha voltado fazia pouco tempo dos Estados Unidos com barriga de cerveja e vício em cartas, principalmente pôquer, que naquela época ninguém mais sabia jogar. Tinha reunido um grupo e ensinado todo mundo. Contava histórias sobre os caça-níqueis de Las Vegas e as enormes quantias de dinheiro que dependiam da sorte: fantasias a que ninguém podia resistir. Depois de algumas cervejas, as apostas de dois centavos passavam para fichas azuis desgastadas de uma rúpia, mas no final da sessão, bem tarde no fim de semana, era sempre Tippy que ia embora com todo o dinheiro.

"Como diabos ele faz isso?", os amigos perguntavam. Dias era quem lhe dava mais apoio.

– Ele aprendeu com os mestres da América, cara. Nos *Estados Unidos*.

Nili achava que Tippy não passava de um engodo. Também não gostava da maneira como ele flertava com ela. Ele se achava um grande sedutor e que sua viagem aos Estados Unidos lhe dera muito carisma, mas Nili dizia que tudo que ele havia adquirido era uma noção exagerada de seu próprio valor. Uma barriga de cerveja cheia.

– Ele é uma autoridade em cereais, sabia? – disse o senhor Salgado. – Ele estudou em Ohio.

– É, ele come bem mesmo.

– Mas, para um país como o nosso, os conhecimentos dele são mesmo enormes. Precisamos disso. Precisamos cultivar nossos próprios alimentos, senão, como poderemos sobreviver? O Tippy carrega um peso danado. O pessoal do Ministério da Agricultura tem uma obra enorme para ele.

– É só gordura. – Nili fez careta. – Um monte de baboseira e gordura. Ele acha que tudo que é mulher quer chacoalhar no barrigão dele.

O senhor Salgado riu.
– Você sabe por que o apelido dele é Tippy?
Ela fez mais uma cara feia.
– O Danton disse que é porque o prepúcio dele não chega até a ponta do...
– Aquele Danton é maldoso. Como é que ele pode saber?
– Fizeram faculdade juntos – o senhor Salgado riu de novo. – Aliás, marcamos um jogo de pôquer.
– E daí?
– Achei que podíamos fazer aqui, uma festa. O Triton pode preparar um *curry* de caranguejo.
Ela soltou uma gargalhada.
– Para eles? De jeito nenhum. Eu não desperdiçaria um bom caranguejo com essa gente e, de todo modo, não estou disposta a passar o dia e a noite inteira com você em um jogo de pôquer. Quero sair.
– Mas é o nosso jogo de sempre.
– Acontece com freqüência demais. É uma perda de tempo – ela sacudiu a cabeça. – A gente podia aproveitar para fazer alguma coisa.
– O quê? Estou fazendo alguma coisa. Estou sempre fazendo alguma coisa, mas preciso de mais dados para poder redigir o relatório. Enquanto isso, vamos jogar um pouco de cartas em vez de só ficar tagarelando como o seu pessoal. Eu não reclamo deles, reclamo? Ah, mas até o seu amigo Gomes joga. Não tem nada de errado com o jogo. – Ele olhou para ela, frustrado. – Jogar carta faz parte da vida normal. As pessoas fazem isso há séculos. – Cruzou os braços por sobre o peito. – Na verdade, sabe, pelo menos desde o século XVII! É verdade, na Índia.
– Quanta estupidez.

Eles entraram em acordo: iriam sair para jantar sozinhos naquela noite, mas organizariam um jogo de pôquer no fim de semana. Sem caranguejo. Eu preferia que tivesse sido ao contrário; pensando melhor, o senhor Salgado também. Para o almoço de pôquer, preparei o arroz amarelo de sempre com *curry* de frango. Como Tippy vinha, fiz duas medidas extras de arroz para me assegurar de que a travessa não ficaria vazia. O senhor Salgado levou para casa dois frangos esqueléticos que tinham a cabeça maior do que as pernas. Fiquei com vontade de picar as aves para fazer a carne render mais, mas talvez aí sobrasse só osso; seria arriscado demais. Em vez disso, fiz o molho bem grosso e dobrei a quantidade de pimenta. Quanto mais picante, melhor: já que a carne não era grande coisa, então que a pimenta apresentasse um desafio. Todos podiam ficar com a boca ardendo, mexendo a língua irrequieta e suando. *Triton, mas isto está apimentado mesmo!*, diriam. *Picante de verdade, uau. Isto acaba comigo, cara!* Tippy piscaria: *Currylingus, machang.*

A senhorita Nili já estava de mau-humor desde o momento que acordara naquela manhã. Dava para sentir através da porta do quarto. Quando coloquei a bandeja de chá na mesinha do lado de fora, escutei-a choramingando sob os lençóis, como uma criancinha que acabara de ter um sonho ruim. Um som que parecia vir de dentro da cabeça dela, de algum passado distante, e não da garganta profunda e rouca de onde a voz dela normalmente saía. A cama rangeu quando ela, ou o senhor Salgado, se mexeu.

Fez seu café-da-manhã sozinha na varanda do quarto depois que o senhor Salgado foi às compras. Levei para ela a fatia de sempre de asimina, madura e boa, sem as sementes pretas e balançando em seu próprio berço de casca amarela com duas meias-luas de limão equilibradas em espetos de coquetel marrons feitos à mão. Ela espremeu o limão na polpa e depois lambeu os dedos. Acariciou o pescoço, como se estivesse massageando o suco de limão na pele. Fiquei imaginando se ela já teria espremido um limão inteiro, gota a gota, entre os peitos pequenos, deixando a umidade ácida escorrer por sua pele. O que será que eles faziam com o caroço de manga que eu às vezes encontrava na cama pela manhã? Todo mordido e ressecado, liso como uma pedra do deserto, ou um presente passado de um para o outro vezes sem conta, boca a boca. Manga para a pele? Tônico corporal? Para os lábios? Lubrificante para eles poderem aproveitar plenamente a vida entre homem e mulher, ou algum objeto bizarro de um desejo compartilhado? Estava sentada por cima das pernas, mexendo o chá como se estivesse cavando um buraco na xícara, no pires, na mesa, no chão, até as entranhas da terra.

– Dona – eu disse. – O que a senhora acha de uns flocos de arroz?

Ela ficou olhando para mim com fúria; as sobrancelhas finas, depiladas com cuidado, descendo pela testa ampla e macia.

Peguei a xícara vazia da mesa e esperei uma ordem, mas ela não disse nada.

– Um ovo? Frito? Mexido? – Tentei de tudo. – Ou uma omelete, com pimentão verde e cebola?

Mais tarde, vi que ela estava no jardim. Cutucava o chão com um bambu, esmagando as cascas de ovo que eu tinha colocado nos vasos de antúrio. Dois corvos grasnaram para ela do muro do jardim, e um ciclista que passava pela alameda tocou o sininho da bicicleta. Ela nem ergueu os olhos. Então, quebrou o bambu e jogou os pedaços nos corvos. Quando levantaram vôo do muro, ouvi-a espantando os pássaros, o que só serviu para fazer com que grasnassem mais alto e desencadeassem uma reação em cadeia por todas as árvores e alamedas da vizinhança. Provavelmente foi o barulho dos corvos, mais do que qualquer outra coisa, que fez com que ela voltasse para dentro de casa.

– Traga um balde grande de água fervendo, Triton. Um balde bem grande.

– Para onde?

– Coloque na varanda.

Ela pediu que eu levasse cheio pela metade, mas que fervesse mais água.

– Deixe aqui – apontou para os quadrados de junco na frente de um banquinho de madeira que tinha ajeitado em posição estratégica. Pousei o balde no chão. Ela sorriu pela primeira vez naquela manhã:

– Obrigada, Triton. Traga um pouco mais daqui a dez minutos. – Colocou na mão algumas gotas de água de rosas de um pequeno frasco azul e depois, ajeitando uma coberta sobre os ombros, sentou-se na frente do balde. – Isto se chama sauna, Triton. – Tirou o quimono por baixo da coberta e o deixou cair no chão frio. Peguei a peça. – Dez minutos – ela disse, e enfiou a cabeça por baixo da coberta, criando uma barraca cheia de vapor.

Quando voltei com um balde novo de água quente, ela colocou a cabeça para fora. Seu rosto estava brilhante e suado, e os olhos, reluzentes. Parecia surpreendentemente viva. Abriu a coberta um pouquinho, permitindo que o ar quente saísse, e se afastou.

– Pode despejar aí dentro.

Debrucei-me aos pés dela e despejei a água com cuidado, assegurando-me de não deixar respingar nas pernas dela.

Dava para ver as veias das canelas dela mais grossas. O vapor me fez suar.
– Pronto – ela foi para frente com rapidez e envolveu o vapor e o balde de novo. – Mais um – disse de baixo da manta úmida.
Havia uma pequena poça de água, ou suor, no chão embaixo dela. Tinha abaixado as persianas, deixando a alcova fechada e úmida. A cena toda tinha um clima de loucura: parecia um altar de água quente de uma seita demoníaca.
O senhor Salgado me interceptou quando eu levava o último balde. Olhou para mim. Expliquei que estava levando água quente para a senhorita Nili:
– *Sauna!* – disse, cheio de esperteza.
– Aonde?
Quando eu lhe disse, ele pegou o balde da minha mão e foi até onde ela estava. Ela colocou a cabeça para fora e o viu. Abriu a grande coberta escura como as asas de um pássaro.
– Quer entrar?
Eu não conseguia enxergar o rosto dele do lugar onde eu estava, mas pude ver seus ombros se retesarem. Ele despejou a água.
– Onde foi que você aprendeu a fazer isto?
Ela riu.
– Eu estava precisando do calor.
– Você sabe que horas são?
Ela riu de novo.
– Você não quer nem sentir como é, *querido*?

◆ ◆ ◆

Dois baralhos estavam um ao lado do outro: uma pilha com uma princesa pretensiosa em uma cama mogul, folheada a ouro, e a outra com ela olhando para um pavão azul enquanto seus serventes cochichavam entre si. Fichas vermelhas, azuis e brancas foram arranjadas em um pequeno estojo de mogno.

O pessoal do pôquer foi chegando ao meio-dia: Dias, Tippy, Gomes, Danton Chidambaran e Susil Gunawardene, cujos dedos nunca paravam de alisar o cabelo ensebado, preocupado com a aparência. Preparei uma geladeirinha cheia de cerveja nos fundos, pronta para eles beberem até estarem alegres o bastante para atacar o almoço.

Susil, assim como Dias, era normalmente um homem feliz.

– E aí, cara? Tudo bem?

Tippy já estava sentado.

– Muita sorte, muita sorte. Hoje parece que os meus dedos foram beijados, acariciados, *machang,* pela boa sorte.

– Oh-oh, não, cara, azar, *machang*. Para você, hoje, azar.

– Dias tirou seu onipresente jornal do bolso. – Capricórnio, certo? – Sacudiu a cabeça, desconsolado. – Más notícias para você hoje. Está mau na cúspide. Quem é de Virgem?

Nili ergueu os olhos.

– Sou eu, querido – parecia lânguida depois da sauna, e distante.

– Oh-oh, fique na sua, Nili, fique na sua. Estou dizendo, este é um péssimo dia para todos vocês de acordo com este horóscopo. Ranjan? Peixes, não é? Você também vai passar maus bocados.

– Então, não tem sorte para ninguém? – Susil disse, radiante.

– Sem nenhuma moça por aqui, como é que alguém pode ter sorte? – Tippy riu. – Quer dizer, exceto pela nossa anfitriã, que é o máximo.

– Achei que você é que era o máximo. O mais gostoso, pelo menos – Nili retrucou.

– Por quê? Como assim?

– O de Leão está bom – Dias interrompeu.

– É o seu signo, não é?

– É, é sim.

– E o do impertinente que escreveu essa porcaria, imagino – Danton desdenhou. Ele não acreditava em nada sem provas. – O que você acha, Gomes?

– Meu amigo Alphonso disse que às vezes o editor simplesmente escreve o horóscopo reorganizando o que foi publicado no mês anterior. Ninguém percebe que é tudo a mesma coisa – as bochechas grandes, achatadas e flácidas dele tremelicaram. – Todo mundo só lê o seu!

Tirei a tampinha de três garrafas de cerveja.

– Certo, certo. Esses jornais são uma piada, mas a coisa como ela é não deve ser motivo de riso. – Dias pareceu sério por um instante. – Eu sei disso por experiência própria.

Todo mundo riu, como se ele estivesse fazendo uma piada.

– Então, o que é que o seu mapa astrológico diz sobre o pôquer? – Tippy o cutucou no peito.

– Estou falando sério. Essas coisas podem ser muito informativas. Meu amigo uma vez foi ao...

– Não me venha com mais uma história desses seus *amigos* excêntricos!

– Ele descobriu um fulano que mora em uma caverna lá perto de Marata e faz os mapas astrais mais incríveis do mundo. Você vai lá com o dia e o lugar em que você nasceu e ele faz todo o resto. Ele fala tudo a respeito do seu passado e do seu futuro. Ele falou para o tio do meu amigo sobre o suicídio da mãe dele, imagine, coisa que nem ele sabia na época! Foi mesmo. E ainda ficou sabendo que o filho dele faria a mesma coisa. *Terrível*, mas você se lembra desse caso, não é mesmo? O cara que trabalhava naquele banco, o cara que enlouqueceu? Começou a comer notas de dinheiro ou algo assim?

Na cozinha, eu tinha colocado a panela de barro em que cozinhara os frangos na pia e a enchera de água para lavar. Na mesma água, derramei um pouco de leite, que tinha sobrado. Conforme ia se misturando à água engordurada, uma linda Via Láctea ia se erguendo: uma nuvem lenta de fumaça líquida se desenrolando e acompanhando as fendas do barro e se desfraldando suavemente em uma explosão branca subaquática. É de se achar que a mistura de óleo, água e leite fosse uma coisa sem forma, mas a coisa toda parecia se mover de maneira predeterminada, parecia que cada gota tinha seu futuro determinado em si mesma, que a nuvem toda estava contida no formato da panela apesar de a água estar cobrindo tudo, a pia cheia até a boca. Esperei séculos para ver o que aconteceria. Nada aconteceu. Fiz uma xícara de chá para mim mesmo e então, quando olhei de novo para a pia, a nuvem branca tinha se assentado no fundo como geléia. Em uma xícara de chá, a explosão em nuvens do leite, evaporada e diluída, sempre desaparece rapidamente na cor nova de lama clara que se forma. Mas a água da pia de algum modo desacelerou tanto a explosão que, no fim, nada mudou. Fiquei achando que devia ter sido a gordura do frango. A gordura fez toda a diferença, e achei que isso fosse significante. Tive vontade de contar para alguém. Fiquei pensando que, se um fluido pode ser desse modo controlado em sua queda livre aparente, por que não fazer o mesmo com a nossa vida?

A festa estava à toda, com muitas risadas sonoras. Nili discutia com Tippy e o senhor Salgado. Olhei em volta, procurando Dias. Ele tinha se afastado dos outros e estudava um formulário de corridas.

– Senhor, venha aqui ver uma coisa – eu disse.

– Ah, Triton. O quê? – ele parecia confuso. Então, repentinamente, percebi que o que eu queria lhe mostrar era quase impossível. Tinha algo a ver comigo, não só com água e óleo. Quando ele dobrou o jornal e disse: "O que foi?" de novo, balbuciei qualquer coisa e tentei ter alguma outra idéia.

– A mesa de carteado. Eu coloquei os baralhos da Índia. Está certo?

– Por que não estaria, Triton?

– Achei que, com os signos do zodíaco e tudo o mais, talvez vocês quisessem algo especial.

Ele sorriu, benevolente.

– Bom rapaz – disse. – Bom rapaz. Mas seja qual for o baralho, o negócio é a ordem das cartas. O que você pode fazer a esse respeito?

Sacudi a cabeça, impotente. Não há nada a fazer. Uma vez, meu tio me levou à casa de um amigo. Ele era *peão*. Usava um uniforme cáqui e passava o dia todo transportando mensagens entre dois velhos em duas salas cinzentas, que adicionavam e subtraíam números infinitamente. Mas, à noite, ele jogava cartas. Embaralhava-as durante cerca de trinta segundos, cantarolando o tempo todo, depois as batia com força sobre a esteira. Então apostava contra o meu tio simplesmente de acordo com a cor da carta que aparecia ao cortar o baralho: preta ou vermelha. O salário de uma semana em uma cor. Era o jogo mais rápido do mundo, ele dizia, e seus olhos brilhavam ante a perspectiva de desgraça em trinta segundos. Bebiam terebintina apenas para prolongar o jogo porque, quanto mais perdiam, mais rápido embaralhavam as cartas. Eu me maravilhava tanto com o ato de embaralhar e de cortar as cartas quanto com a troca ligeira de pequenas fortunas. Corte!

O pôquer era um negócio muito mais lento.

– Senhor, as cartas saem na ordem que saem... – respondi.

Dias sorriu, mas, antes que pudesse dizer qualquer coisa, Tippy o chamou.

– Então, o que é que o seu astrólogo diz a respeito dos Beatles? Eles vão voltar algum dia? O que, cara, o quê?

Eu tinha acabado de começar a colocar a comida nas travessas quando o telefone tocou. Atendi; era Robert. Ele queria falar com Nili. Ela veio por trás de mim, e eu lhe entreguei o fone. Não falou muito tempo; quando terminou, foi para o quarto. Quando vi, já estava saindo na direção do portão. Fui até ela.

– E o almoço?

Começou a responder alguma coisa, mas mudou de idéia. Seus olhos pareciam indiferentes quando olhou para mim.

– Se ele perguntar, se ele se lembrar, diga que saí. Talvez volte mais tarde, quando eles tiverem acabado de jogar...

Ela me pediu para chamar um táxi. Antes de desaparecer, disse para mim, bem firme:

– Vá alimentá-los, Triton. Encha a boca deles e, se conseguir, faça com que parem de dizer tanta idiotice.

Apertava a bolsa preta brilhante com muita força.

Depois que ela foi embora, terminei meus preparativos e coloquei a comida na mesa, ao estilo de um bufê. Sempre dava para confiar em Tippy para se servir primeiro, e os outros logo o imitavam. Faziam pilhas altas nos pratos com o arroz e grandes poças de curry de frango, e então achavam um poleiro onde pudessem encher a barriga e chupar o tutano de cada ossinho até que alguém os incentivasse a jogar cartas.

– Nossa, mas cadê a Nili, caras? – perguntou Susil.

O senhor Salgado olhou em volta de si, perdido. Eu lhe disse o que tinha acontecido.

Tippy, do outro lado da mesa, estava com as orelhas que parecia um elefante.

– Aquele tal de Robert ainda está por aí?

O senhor Salgado assentiu com a cabeça.

– Que sujeito espantoso, aquele. Estudou em alguma faculdade tradicional dos Estados Unidos ou sei lá o quê, mas vocês precisam ver as coisas em que ele anda se metendo...

Dias se aproximou, partindo um osso de frango com os dentes. Chupou com força, fazendo barulho.

– O que foi?

– Você já ouviu falar daquele tal de Robert?

– Eu o conheço. Ah, mas ele veio aqui para jantar, não foi? No Natal.

– Aquele sujeito se mete em todo lugar. Vai aos vilarejos do litoral e só apronta – disse Tippy.

– Por quê? O que ele faz?

– Toma banho de mar ao luar com as moças do local. O luar... e mais nada, sabe como é. Distribui muito dinheiro entre as meninas dos vilarejos e as leva para fornicar com ele na praia...

– Não fale besteira. Como é que alguém pode fazer isso?

– Como assim, cara, você não sabe?
– Mas ele vai ser apedrejado pelos nossos compatriotas, não vai? E expulso, imagino?
– É mais provável que seja apedrejado até cair.
Tippy cutucou o senhor Salgado com o cotovelo.
– Aliás, ouvi dizer que ele se mudou para o Sea Hopper. Que bom que a sua Nili parou de trabalhar lá. É melhor ela ficar longe dele, não é mesmo? Ranjan?
Riram um pouco mais.
– Mas achei que nos Estados Unidos só se falava de *amor livre*, hein, Tippy? Não foi isso que você disse? Quando você estava na Califórnia e tudo o mais... – Susil colocou as mãos na frente dele e remexeu os dedos.
– Essa coisa de foda livre não existe – alguém balbuciou atrás de mim.
Era o infame Pando, do banho de pimenta, cambaleando com um lenço grande por cima da boca. Ele continuava morando no número 8, na nossa frente, sozinho, e às vezes, quando reparava que tinha bastante gente na nossa casa, aparecia para filar o almoço e uma cerveja.
– Você deve saber bem, *machang*!
O senhor Salgado ficou ouvindo, virando um prato vazio nas mãos. Fui até ele e o puxei em direção à mesa.
– Tome, senhor, a comida está esfriando – disse. Coloquei um pouco de arroz no prato dele e encontrei um bom pedaço de frango firme, com um pouco de carne. – *Puppadum*?
Ele assentiu com a cabeça e eu servi um grande.
– Senhor, sente-se ali.
Foi até uma das cadeiras de madeira encostadas na parede e se sentou. Estava com o rosto emburrado, os cantos da boca virados para baixo. Deixei-o para que comesse, ou para fazer o que quer que fosse, e fui encher de novo as traves-

sas e buscar mais cerveja. Sem Nili, o lugar ficava cheio só de homens. "Vou dizer, *machang*, mas que arroz de primeira, não? Você experimentou?" Cerveja, arroz e *curry* de frango: era mesmo muito fácil dar conta deles. Todos menos o senhor Salgado, que virava uma cerveja atrás da outra.

Depois do sorvete, ouviu-se o coro inevitável.

– Cartas. Onde estão as cartas? Traga a mesa, Triton.

Montei a mesa. Tippy separou os baralhos. O senhor Salgado foi puxado para dentro do círculo e recebeu mais uma cerveja.

– Banqueiro, banqueiro, vamos distribuir estas fichas.

– Primeiro o dinheiro. Coloque o que tem na mesa.

– Por quê? Ninguém nesta porcaria de país abre o bolso.

– Igualzinho a esses gurus, não é mesmo? – Danton resmungou. – Um monte de peidos e nada de merda.

Transformaram o ato de começar o jogo em uma grande comoção, em parte para despertar e em parte devido a uma espécie de camaradagem de fim de semana. Levei a comida embora e comi um ou dois punhados rápidos de arroz. Não tinha sobrado muito frango, mas eu tinha guardado duas asinhas na cozinha. Com o pessoal do carteado, não dá para achar que vai sobrar alguma coisa.

Durante toda a tarde, Nili não deu sinal. Não sei por que fiquei esperando que o telefone tocasse com algum recado dela, mas não tocou. O senhor Salgado estava quieto, preocupado. Tippy deleitou-os com mais histórias a respeito de suas viagens pela América. Susil, sempre atento por um bom negócio, disse:

– Pelo que eu soube, bem que podíamos tirar bom proveito dessa história de amor livre por aqui. Quem sabe não tirava essa baboseira toda de marxismo da cabeça dos jovens, hein?

– Mas, aparentemente, nessa coisa nova a que eles estão aderindo, a regra dita que não se fume, não se beba e não se faça sexo. Vocês já ouviram falar disso?

– Como assim, cara, parece mais um desses negócios de mosteiro. Achei que eles desejavam uma revolução sangrenta!

O senhor Salgado falou.

– Isso não é piada, vocês sabem. Ouvi dizer que até aquele rapaz que trabalha para mim no litoral começou a agir de maneira estranha. Ele some e vai para algum lugar todo mês...

– Quanta bobagem, Ranjan. Estamos falando a respeito de um bando de facínoras desmiolados que não têm nada melhor para fazer. O seu Wijetunga é um rapaz inteligente... Aliás, o infeliz já tem emprego, do que é que ele vai reclamar?

O papo de Wijetunga a respeito das Cinco Lições me veio à mente. Um cheiro de polpa de coco fermentada. Dois mundos girando um contra o outro.

– Não são facínoras, cara. Você não sabe do que está falando. Você não ouviu aquele discurso eleitoral que falava de pendurar os fracassados pelo saco? De esfolar os comedores de bacon em Galle Face Green? Esses também somos nós, sabe como é. Não só os grandões. E o fulano que está fazendo todas essas ameaças pode estar no Parlamento no mês que vem!

– Besteira. É só papo. Todos esses imprestáveis só querem ter a oportunidade de colocar as *próprias* mãos na grana. Igual a todo mundo.

Quando o sol se pôs, preparei um enorme bule de chá para todos. Tippy levantou-se da mesa de carteado. Tinha bebido muito.

– É disso que precisamos! – disse para mim com a voz bem alta. – Sirva o chá, *kolla*. – E nem olhou para mim quando servi a xícara dele. – Dias, como é que você está pegando todas essas cartas malucas? O que foi que você fez? Preparou o baralho ou qualquer coisa assim?

O senhor Dias estava todo convencido.

– Eu disse que os astros estavam do meu lado hoje.

– Bobagem.

– Espere só para ver. Hoje eu vou limpar você – juntou as fichas que tinha e fez uma pequena pilha.

– O dobro ou nada.

Todo mundo riu, menos o senhor Salgado. Ficou olhando para a pequena pilha de fichas do outro lado da mesa.

– Qual diabos é o seu problema, Ranjan? – Tippy perguntou. – Não é seu dia de sorte?

O senhor Salgado olhou para ele enfezado, mas não disse nada.

Eu queria fugir de todos eles. Da conversa deles. Depois de servir o chá, saí para o jardim. Com o sol posto, o ar se movia suavemente, como se as plantas tivessem começado a respirar de novo, depois de segurar a respiração durante o dia todo. O zumbido dos insetos se erguia como um perfume. Era a hora do dia em que as flores caíam das árvores, as pétalas desabando dos pequenos galhos e repousando por um breve instante em uma folha mais baixa antes de caírem no chão e morrerem. O próprio chão cedia um pouco à medida que o sol o abandonava. Fui até o portão e olhei pela alameda. Havia duas pessoas caminhando na direção da rua principal. No começo, quando tinha chegado havia pouco à casa do senhor Salgado, costumava passar o anoitecer no portão. Dali, enxergava dois postes de iluminação entre a sombra das árvores na rua principal; pouco depois de o sol se pôr, chegava um homem de bicicleta, equilibrando uma vara de três metros na mão. A ponta da vara tinha um gancho de metal, parecido com o pau que o *mahout** usa para coçar e puxar a orelha do elefante. Com ela, ele acionava o interruptor na caixa de metal presa no meio do poste e soltava um fluxo lento de gás que começava a queimar, esbranquiçando a noite com suavidade, como uma estrela fosforosa. Então a nossa alameda vermelha e suja estremecia como uma língua dançante à medida que as luzes iam se acendendo de casa em casa para evitar a escuridão que se apressava em cobrir a terra.

Olhei para trás, para a nossa casa. Havia nuvens se movimentando por trás dela. Olhos enormes de luz amarelada olhavam diretamente para mim da fachada. Àquela altura eu já deveria ter abaixado as persianas, mas tinha passado tempo demais sonhando do lado de fora. Gargalhadas ruidosas e gritos agudos ricocheteavam pela casa antes de tropeçarem para a escuridão.

Ouvi Tippy me chamar:

– Triton, *kolla*, cerveja! – mas eu não atendi.

Se ele queria tanto uma cerveja, podia ir buscar sozinho. De todo modo, já estava mais do que na hora de todos irem embora. Fiquei esperando nas sombras. Tippy me chamou mais uma vez, batendo um copo contra uma garrafa.

– Quatro ases, quero ver alguém superar! – Dias gritou, deliciado.

---

* Mahout: tratador e condutor de elefantes. (N. T.)

– *Ai ai ai*! – alguém mais deu um tapa nas coxas e jogou as cartas na mesa. Fichas bateram umas contra as outras. Pegaram uma garrafa de cerveja na cozinha.
– Só consegui encontrar uma – ouvi a tampinha sendo aberta. Alguém aumentou o volume da música: um uivo eletrônico através de uma névoa púrpura.
– Onde diabos está aquele desgraçado do Triton? Fiz um gesto com o braço no ar e xinguei todos eles prendendo a respiração. *Beijar o céu!* Alguma coisa no ar noturno também tomou conta de mim. Estavam acontecendo coisas demais. Wijetunga, na praia, já tinha entendido tudo. Eu desejei que *já* tivesse obtido meu certificado escolar. Moleque idiota, idiota. *Kolla* idiota. Senti o pânico na boca. Vi Joseph com uma caveira envenenada na mão, esfregada com cinza de *bali*, com um sorriso maldoso, ao lado do portão. Ele também parecia estar flutuando no ar. *Coma, kolla, coma.* Dentro de mim, tudo queimava.
– Agora deu – Tippy berrou. – Desisto.
– Mas que sujeito desgraçado você é. Só porque está perdendo...
Alguém arrastou uma cadeira pelo meu chão encerado; foi como se uma faca cortasse a minha pele. Agachei-me com cuidado no escuro, assumindo a posição de ataque de um tigre; a planta dos meus pés doía. As pedrinhas da entrada incomodavam. O grupo estava se desfazendo como se houvesse um consenso coletivo inconsciente de que o jogo tinha chegado ao fim. Vi Tippy virando um copo de cerveja.
Com uma dança desajeitada, as figuras simiescas foram saindo de casa aos tropeções e desaparecendo dentro dos carros pretos corcundas. Os motores acordaram tossin-

do e rolaram por cima dos pneus inchados para a rua escura e silenciosa. Tudo sempre parecia chegar ao fim de maneira abrupta; daí era como se nada nunca tivesse acontecido. Poderia muito bem ter sido só um sonho.

Mais tarde, enquanto eu ainda estava do lado de fora, Nili voltou. O senhor Salgado, desabado em cima da mesa de carteado, pareceu não notar seu retorno.

Eu não estava com vontade de fazer a limpeza. Não queria me intrometer entre a senhorita Nili e o senhor Salgado. Depois de um tempo, caminhei até a rua principal. Fiquei observando o trânsito ir do nada para lugar nenhum. Dava para sentir o mar fazendo pressão ao redor.

◆ ◆ ◆

Quando levei o chá na manhã seguinte, encontrei o senhor Salgado já de pé. Estava sentado na varanda de sarongue, olhando para o portão no fim da entrada. Um pequeno oriolídeo dourado surgiu de uma árvore e sobrevoou o jardim. O senhor Salgado não reparou nele. Parecia uma estátua: em repouso, olhos caídos, bochechas murchas, e os lábios, a boca, sem peso. Parecia que nada neste mundo, ou no outro, poderia fazê-lo se mover. Ele nem piscou. Achei que não tinha dormido muito, apesar das extravagâncias do dia anterior.

– Senhor, posso servir o chá? – as mesmas palavras antigas de sempre, mas aquela noite estranha tinha mudado tudo.

Ele não se mexeu. Olhava fixamente para frente. Perguntei de novo:

— Chá?

Finalmente, com muito vagar, virou a cabeça na minha direção. Seu rosto não revelava nada; os músculos mal pareciam se mover. Tomei esse reconhecimento como minhas instruções para servir. O chá saiu do bico do bule como uma enxurrada espessa e castanha.

— Nona? — perguntei.

Ele fingiu que não tinha escutado.

Geralmente, ela aparecia logo depois dele, mas, naquela manhã, não havia sinal dela. Olhei para as portas brancas atrás dele, que levavam para o quarto. Estavam fechadas com firmeza, como se não tivessem sido abertas nenhuma vez naquela manhã.

À noite, tinha escutado os dois da alameda. Primeiro, ouvi Nili gritando com ele. Alto o bastante para que toda a vizinhança se encolhesse. Só o ouvi quando me esgueirei pela porta de trás. Sua voz parecia se derramar do corpo todo, como uma represa rompida. Eu nunca o ouvira daquele jeito; apesar de Nili já ter perdido a cabeça antes, nunca tinha ouvido a voz *dele* se alterar. Foi brutal. Ele a acusou de ir para a cama com Robert. "Eu vi você se *oferecendo* para aquele porco." Espiei através da fresta da porta de trás. O rosto dela estava contorcido. As cordas vocais em sua garganta, tensas. Ela engolia em seco. "Como se atreve... você se acha uma porra de um gênio, mas não sabe porra nenhuma. Seus amigos idiotas mijam na sua cabeça e o seu cérebro de merda derrete e sai pela porra do seu pau. Como você ousa me acusar..." Empurrou uma cadeira que estava em seu caminho. Ela bateu no abajur de pé: o abajur caiu. "Sabe o que você é? Um merda idiota. Um bárbaro. Igualzinho a todos os outros. Acha que, só porque eu vou para a cama com você, eu lhe pertenço. Seu *babaca* idiota." Foi só então que percebi o quanto eu a tinha moldado na minha imaginação. O quão pouco eu tinha visto dela na verdade. Agora, depois de todos esses anos, eu mal consigo visualizar o rosto dela, o rosto todo seu. Apenas detalhes me vêm: os olhos, covinhas, a boca cheia de bolo, rindo, e depois toda essa raiva derramando dela. Ela saiu batendo o pé. O senhor Salgado ficou parado no meio do quarto, desfigurado pelos fachos de luz do abajur caído. No final, acabou se abaixando e pegando o abajur. Voltei para o meu quarto e fechei a porta com força.

    O oriolídeo voltou. Nunca tinha chegado assim tão perto da casa. Dava para vê-lo atrás do senhor Salgado: amarelo-tangerina, cabeça preta atrevida, olhos brilhantes rodeados de vermelho, bico da mesma cor. Era pequeno, e no entanto sua voz tinha a capacidade de preencher todo o jardim; sua plumagem amarela parecia uma língua de tinta. Cantava sem emoção. Sem angústia. Sem medo da águia que um dia o atacaria e arrancaria suas penas amarelas. Em ignorância contente e absolutamente linda; inabalável até o último instante, até que fosse tarde demais.

    – Senhor – sussurrei para o senhor Salgado. – Olhe, o passarinho.

    Ele olhou, mas continuou sem demonstrar emoção alguma. Certa vez, tinha me visto com um passarinho morto na mão. Foi logo no começo, quando eu era só um garoto na casa. Eu tinha construído um estilingue e estava treinando perto do portão, aperfeiçoando minha pontaria de modo a conseguir derrubar as mangas da árvore de Ravi. Um passarinho veio voando e se empoleirou em um galho lá em cima: o desafio foi irresistível. Minha pontaria era melhor do que eu pensava. Caiu com o primeiro tiro. O corpinho rechonchudo caiu na entrada como uma bola de pano. Quando o recolhi, vi que as penas eram macias, os ossinhos frágeis e fáceis de quebrar. Ainda estava quente. O senhor Salgado saiu e me viu com o passarinho na mão. Segurou meu pulso e disse: "Sabe, você não deve tirar a vida de nada. Destruir é fácil, mas você não tem o dom de criar vida com a mesma facilidade". A vergonha encheu cada veia do meu corpo. Desejei estar morto.

Na sala com janela panorâmica, a mesa de carteado e as cadeiras pareciam sobrenaturais, como se os jogadores de repente tivessem evaporado. O cheiro de cerveja permanecia no ar. Eu deveria ter tirado os copos dali durante a noite. Eu o teria feito, mas, sabendo que os dois estariam ali, sozinhos, fazendo não sei bem o que, não pude entrar. Foi impossível.

Dentro de casa, na sala de jantar, encontrei meu *sambol* no chão. A travessa rolara para baixo da mesa de jantar. A lasanha que eu tinha feito e guardado na geladeira estava na mesa com um enorme furo no meio, de onde alguém tinha tirado uma colherada. Meu coração escorregou dentro do peito. Se tiveram fome, eu deveria ter estado lá. Encontrei uma colher ao lado do abajur e molho de carne na parede. Minha lasanha.

Eu me sentira tão orgulhoso de mostrar a ela como fazia aquele prato... como a massa tinha que ser amassada antes de ser aberta e cortada em retângulos. As unhas dela traçaram as pequenas reentrâncias e irregularidades das peças, e seus dedos alisaram a superfície. Ela estava tão perto que eu sentia o cheiro de seu cabelo. Ela disse: "Na verdade, você não faz parte deste lugar, Triton". Não era assim que eu me sentia. Não entendi o que ela quis dizer. "Fomos todos colocados no lugar errado. Aqui, nunca produziremos nada de verdade", disse e encostou a mão no meu rosto. "Somos apenas nosso próprio eu grotesco." A mão dela era macia, com um leve brilho oleoso. Tive vontade de beijá-la. Senti um desejo impossível surgindo dentro de mim: ser tudo menos invisível. Achei que ela sabia disso, e talvez eu também devesse saber, fossem quais fossem as conseqüências. Mas senti que estava desfalecendo. Ela tocou na minha bochecha como se estivesse me esfregando. Minha bochecha ficou entorpecida. Eu não sabia o que estava acontecendo, mas, fosse o que fosse, estava dando errado. Se existem deuses neste mundo, ou no outro, então eles que tenham piedade de nós e nos dêem forças todos os dias, porque precisamos delas todos os dias. Cada dia que passa. Não há trégua, nunca. Não mesmo.

◆ ◆ ◆

O SENHOR SALGADO quase não tinha se movido. Ofereci-lhe de tudo, até creme de maçã do bosque, mas nada o interessava. Ele não queria nada. Nili não estava em lugar nenhum. Eu não ousei entrar no quarto.

– Senhor, pelo menos um pouco de água. Este sol...

Mas ele não se abalou. Estava completamente perdido dentro de si mesmo. Dava para ver vapor saindo da cabeça dele nos largos raios de sol do meio da manhã, e o ar ao redor de sua silhueta sentada tremia com o calor de seu corpo como pós-imagens concêntricas dele mesmo à medida que ele ia encolhendo, tremor após tremor, transformando-se em um monte desidratado.

Peguei todos os tapetes e as esteiras e os bati na entrada, até que o lugar todo ficou envolvido por uma tempestade de pó; encerei o chão da varanda e o da sala com palha de coco, movimentando-me para frente e para trás, para cima e para baixo, através do espaço todo. Lavei os escoadouros do lado de fora do quarto com desinfetante; até subi no telhado para limpar as calhas e fazer bastante barulho para espantar as ratazanas. O senhor Salgado não se mexeu. Não reagiu. Limpei o lugar todo e fingi que não havia nada de errado. Fingi que era uma manhã como qualquer outra, e que passaria para o meio-dia, para a tarde, para o anoitecer e para a noite. E que, depois do sono, tudo ficaria bem. O dia seguinte traria conforto e descanso de tudo que tinha dado errado naquele dia. Mas isso não aconteceu. À tarde, entendi que Nili tinha ido embora. Tinha partido enquanto eu fazia compras. Nem se despediu. Era melhor assim. Eu teria achado tudo muito confuso.

Os dias passaram. No final, comecei a fingir que tínhamos visitas, para tentar fazer com que ele se interessasse pelo que podia estar acontecendo. Abria o portão e fazia barulhos, como se alguém estivesse chegando. Comecei a andar pela casa falando sozinho, tentando estimular alguma conversa do nada. Mas, se é que me ouviu, fingiu que não tinha escutado. Era como se estivéssemos enfeitiçados; a casa toda estava escura.

Ele parecia estar preso àquela cadeira. Seu formato se transformou, como que para acomodar sua figura imóvel. Apesar de o espaldar da cadeira em sua curva graciosa em S seguir a coluna comprida dele, a palha tinha estourado em alguns pontos. Algumas tiras de bambu soltas e esfiapadas tremiam como molinhas por baixo do assento. Ele tinha aberto tanto os braços móveis que eles se estenderam totalmente, meio desmilingüidos. Estava com os pés apoiados neles. A cor de sua pele era quase a mesma da madeira da cadeira. O braço dele parecia mais um pedaço de madeira,

uma vara redonda, apoiada na lateral da cadeira. Esperei até que o membro viesse na minha direção, acenasse para mim, pedisse a minha ajuda.
– Senhor, coma alguma coisa agora. Senhor, até os mendigos comem – sussurrei baixinho. – Castanhas? Mel e coalhada? – Deixei uma bandeja na mesinha de centro para que ele comesse a seu próprio tempo.

◆ ◆ ◆

O VESAK NAQUELE ano foi pouco depois de Nili ir embora, uma semana antes das eleições. Veio a calhar. A comemoração do nascimento do Buda e sua iluminação, desapego, era exatamente do que nós, na nossa casa, precisávamos. Eu queria fazer o maior cacho de lanternas de *vesak-kudu* já visto na nossa alameda irregular. Achei que poderíamos conquistar algum mérito ao fazê-lo. Só Deus sabe como estávamos precisando daquilo.
Foi o que fiz, do lado de fora da cozinha. O senhor Salgado não se deu ao trabalho de ir até ali, mas eu bem que gostaria de ter mostrado para ele o que estava fazendo: as complexidades do trabalho em bambu, as varetas, os nós, a magia por meio da qual uma extraordinária estrutura de hexágonos aparecia, como os corais preciosos dele, do nada, e como se ligavam uns aos outros para se transformar em uma linha de lanternas flutuantes com longos rastros de fitas de tule. Usei tecido branco e amarelo budista, arroz no lugar de cola e barbante branco para amarrar. Quando terminei o cacho todo, minhas costas doíam, mas eu estava feliz.

Ajeitei uma corda na árvore grande e branca na frente da casa e ergui a mãe grande com suas seis lanterninhas-bebês, todas com velas acesas dentro.

– Senhor, venha ver – chamei, quando estava tudo pronto. Ele veio. Ficou parado sobre os degraus e olhou para cima. A luz das velas caiu sobre seu rosto. Apontei para a cascata de tule.

– Olhe, eu fiz bem compridos.

– Que bom – ele respondeu.

Mais tarde naquela mesma noite, encontrei-o olhando para a lua acima das plumérias.

– Ah, imagine se pudéssemos acordar todo o litoral, como Yala. Um santuário marítimo, sem alma alguma por lá. Um verdadeiro refúgio. – Ele se virou e ficou olhando, severo, para mim. – Enxergo isso como um sonho, sabe como é, pintado na minha mente.

– Senhor?

– Mas o problema é toda essa gente. Gente que quer viver como se não existisse amanhã. O futuro que tome conta de si mesmo, como se nada mais importasse além de sua própria paixão do momento. – Abaixou as pálpebras preocupadas. – O que a gente precisa aprender é a deixar acontecer o que tem que acontecer, eu suponho. Não lutar contra nada.

Na manhã seguinte, perguntei se queria uma gemada no café-da-manhã: minha mistura de café, chocolate, ovo cru, baunilha e conhaque com leite quente e manteiga, acompanhada de um pau de canela, salpicada de noz-moscada moída; nutritiva e deliciosa.

– Não.

De todo modo, preparei a gemada e a ofereci um pouco mais tarde, ainda de manhã. Quando ele recusou pela segunda vez, eu mesmo a bebi.

❖ ❖ ❖

A ELEIÇÃO GERAL daquele mês resultou em vitória avassaladora dos partidos de oposição, uma coalizão instável de esquerdistas antiquados e nacionalistas de vanguarda que prometiam arroz de graça e uma nova sociedade; queríamos nos libertar da exploração de mercado e da sina da herança colonial. Houve debates furiosos a respeito do delineamento do nosso futuro: uma época de água, energia elétrica e reassentamento, visões exageradas de políticos territorialistas. No espasmo da mudança que convulsionou a administração, Dias foi enviado para um posto de trabalho bem ao sul do país. Apareceu para dar a notícia ao senhor Salgado.

– Tudo está fervilhando, cara!

– Quando você vai?

– Na semana que vem – soltou uma argola perfeita de fumaça de cigarro Gold Leaf. – O negócio não está bom para o tal do seu coral, sabe? Não vão mais aceitar nenhuma idéia pomposa. Agora só se fala de comitês populares. Foi decretado.

O senhor Salgado assentiu.

– Eu sei. As pessoas acham que por decreto podem governar até as ondas.

– Mas nós precisamos de mudanças. As coisas estão de ponta-cabeça há tempo demais, Ranjan. Só que eu não sei o que posso fazer neste novo sistema. Onde eu me encaixo. – Dias esfregou os olhos com força, com as duas mãos. – E você? O que vai fazer?

– Não sei – o senhor Salgado deu de ombros. Depois de um momento, respirou fundo e abaixou a cabeça. – Cometi um erro enorme, sabe? – disse. – Um erro grande, gigantesco.

Mar profundo

– Por que não liga para ela, então? Tente fazer alguma coisa.
– Não dá. Não sei onde ela está.
– No hotel?
– Não, acho que foi embora. – Sacudiu a cabeça. – Aliás, acho que eu não quero...
– Só gente que tem dinheiro está indo embora. Para a Inglaterra, para a Austrália. A debandada clássica da capital.
– Vai tarde, você quer dizer.

À luz que ia se esvaindo, ficaram como estavam havia tanto tempo, sem fazer nada na frente da nossa janela panorâmica fresca com as persianas levantadas; mas naquela noite não houve som de risadas para preencher os espaços entre as palavras solitárias.

◆ ◆ ◆

TALVEZ NÃO FÔSSEMOS só nós. Talvez o mundo todo estivesse mudando. Nos meses que se seguiram, parecia que pequenas guerras, desentendimentos e uma fome de violência tinham se instalado em todos os cantos: Belfast, Phnom Penh, Amã, lugares de que eu nunca tinha ouvido falar, assim como em nossas pequenas províncias. O tanque *takarang* se rompeu, a entrada inundou. Do outro lado da rua, o senhor Pando instalou um rolo de arame farpado em cima do muro que cercava sua propriedade, ao passo que os vizinhos dele começaram a construir um prédio de apartamentos no jardim da frente para abrigar a família de cada um dos filhos, que brigavam entre si. As casas mais antigas foram todas eclipsadas pelo preço oferecido pelas propriedades, pela reformulação das regulamentações. Até a nossa, dava para perceber, um dia teria que abrir espaço e desaparecer atrás de uma fachada de concreto de alguma outra pessoa. Nossas paredes desmoronariam. Toda a geografia do nosso passado seria reconstruída. Parecia que nada poderia permanecer como era antes.

Certa noite, o senhor Salgado entrou na cozinha. Deu uma espiada ao redor, como se fosse estranho ali.

– Eu estava tentando me lembrar daquela história de *Anguli-maala* – disse, olhando para as minhas mãos.

– O sermão?

– O que deu errado? O príncipe era louco ou o quê? – O senhor Salgado não sabia mais distinguir porco de frango. Continuava atordoado.

Anguli-maala é a história do príncipe Ahimsaka, o inofensivo. Um rapaz inteligente, dedicado a seus estudos, em um mundo cheio de inveja. Foi uma época ruim. Todos os outros príncipes o odiavam. Contavam histórias terríveis a seu respeito, espalhavam rumores sórdidos. Disseram aos professores dele que estava tendo um caso com a mulher do diretor da escola. O diretor, enlouquecido, resolveu castigá-lo lançando-o em um inferno que ele mesmo criaria. Disseram ao príncipe que ele teria que sair ao mundo e juntar mil dedos mínimos ensanguentados em uma grinalda para poder completar seus estudos. Hoje acho que deviam ser mil pênis, mas diziam aos menininhos que eram dedos, dedos mínimos. O príncipe, relutante, partiu para cumprir a tarefa que o professor lhe destinara e atingir a sabedoria prometida por meio da morte de cada homem com quem cruzasse; cortando cada dedo mínimo e passando um fio de algodão branco através da carne mutilada. Às vezes, ele simplesmente cortava a mão fora com a espada. Outras vezes, decepava a cabeça e depois desmembrava o corpo, para tirar o dedo. Por causa da lealdade que tinha para com seus professores, o príncipe que fora bom se transformara em um assassino em massa e passou a adorar o derramamento de sangue diário. "Não consigo dormir, não fico contente até que tenha decepado dez dedos mínimos", ele dizia como um comandante a seus camaradas sempre famintos que se reuniam a seu redor. "Preciso do cheiro de sangue fresco para respirar." Então, quando tinha 999 dedos em uma guirlanda ao redor do pescoço, percebeu que os primeiros dedos estavam apodrecendo e caíam como cachos murchos de bananas roxas. O fedor dava náuseas. Os dedos que sobraram encolheram e se apertaram em volta do pescoço dele. Às vezes, sonhava que comia aqueles dedos e acordava vomitando. Precisava matar mais e mais, mas nunca alcançava seu objetivo. Cada vez que colocava mais um dedo ensangüentado no fio, dez velhos se soltavam. Mas ele não parava. Dizia que precisava fazer aquilo pelo bem do mundo, para transformar-se em rei sábio e justo e se sentar em um trono de ouro. Na praia, os cadáveres de homens e garotos que tinham desaparecido de seus lares, que tinham sido assassinados por ele e jogados no mar, foram trazidos pela maré. Toda manhã, reapareciam às dúzias: inchados e desfigurados, flutuando sobre as ondas. Os pescadores dos vilarejos se tornaram coveiros. Queimavam pilhas de mortos em montes mais altos do que os dos peixes que pescavam. Às vezes, ele enterrava os corpos em enormes valas comuns, mas o mar os desenterrava, e a carne pútrida era exposta sobre a areia, brilhante, enquanto corvos bicavam os pedaços. De vez em quando, um corpo era reconhecido, e ouviam-se sussurros, passados de boca a boca pelos caminhos do mar até a estrada e pela copa das árvores para todos os vilarejos litoral acima e abaixo. Mas não havia clamor. Apenas incompreensão, pavor ou cumplicidade abafada. A terra e a areia, o sol e o vento, o mar e o sujo céu azul escondiam o passado temporariamente, assim como o futuro, dos olhos do mundo, enquanto a matança e a mutilação prosseguiam, cada vez mais rápido. Aquilo era uma punição para quem? Eu costumava ficar pensando naquilo, mas nunca perguntava; não conseguia emitir nenhum som sob o feitiço infantil da história.

O senhor Salgado observava meus lábios como um garotinho, escutando.

– No final, o senhor Buda escutou os sussurros e foi ver o que tinha acontecido com aquele príncipe que fora tão devotado. E o príncipe que tinha se transformado em monstro reconheceu o senhor e percebeu que sua atitude era errada...

Estava chegando no ponto em que, na minha versão, tudo termina bem e *Anguli-maala* se transforma em um dos monges mais reverenciados de todos os tempos, cuja simples presença aliviava o sofrimento do nascimento e trazia paz aos vivos, mas o senhor Salgado tinha me dado as costas. Sacudiu-se em um tremor deliberado, como um cachorro, e retraçou os passos até seu quarto. Naquela época eu não sabia, mas, no começo daquele dia, tinha sido informado a respeito do desaparecimento de Dias. A informação dava conta de que ele teria se afogado nas proximidades do recife do sul. Mar revolto, dizia, apesar de eu nunca ter tido notícia de Dias entrar na água, mesmo quando o mar estava calmo.

Foi só bem mais tarde naquela noite que o senhor Salgado conseguiu me dar a notícia. Mal dava para escutar a voz dele. Não dava para acreditar que eu nunca mais veria

Dias. Fiquei enjoado: a idéia dele lançado ao mar; peixes passando por seu corpo despedaçado. A água turva.

◆ ◆ ◆

MAIS PERTO DO fim do ano, o senhor Salgado ficou inquieto. Ia de um cômodo ao outro da casa, como se estivesse procurando alguma coisa. Parecia nunca encontrar. Ninguém nos visitava. O pessoal de antes desaparecera. Depois da morte de Dias, parecia que a vida de todos nós tinha mudado de maneira irrevogável. Mas dava para sentir alguma coisa no ar, como se estivéssemos em um limbo. Em águas traiçoeiras.
A primeira vez que ouvi falar do plano do senhor Salgado foi quando ele veio até mim e me disse:
– Triton, vamos embora. Para o exterior. Você deve fazer as malas. Leve apenas o que for necessário.
Ele fez com que aquilo parecesse muito simples. Explicou que tinha arrumado emprego em um instituto na Inglaterra. Tinha alguma coisa a ver com seu amigo, o professor Dunstable. Disse que eu deveria ir com ele, de avião, para a Inglaterra. Talvez eu também pudesse estudar lá; aprender alguma coisa e construir uma vida de verdade para mim. Estava dizendo que iríamos embora da nossa casa para sempre. Parecia que aquele era o único modo de ele se livrar da depressão que tinha se instalado nele; em nós dois.
Passei a maior parte do resto daquele dia no jardim, perto das nossas árvores. O velho *flamboyant* branco, as plumérias, a árvore de geléia. Mas, no final, cumpri as ordens que recebera, como sempre, e enchi dúzias de caixas de chá aromático com nossos pertences. Não dava para saber o que

poderíamos precisar. Eu queria levar tudo, mas o senhor Salgado disse que precisávamos escolher. Fiquei imaginando quem iria morar naquela casa depois de nós: que tipo de mundo construiriam sobre os nossos restos?

Antes de sairmos, o senhor Salgado me mostrou algumas fotos de seu tempo de estudante na Inglaterra: um boneco de neve de chapéu, uma multidão de sobretudos cinzentos pesados.

– Vai fazer frio – avisou. – Gelo e neve.

A perspectiva me deixou atordoado.

– Certo – respondi e estiquei o polegar para cima, como tinha visto heróis de verdade fazerem em suas máquinas voadoras na nossa tela panorâmica Liberty.

IV
Linha de maré alta

EM LONDRES, o senhor Salgado nos acomodou em um apartamento perto de Gloucester Road e começou a trabalhar imediatamente no seu instituto dele. Choveu sem parar nos primeiros meses, a água escorria pela lateral do prédio e escurecia o céu invernal. Parecia que a chuva desnudava as árvores e fazia a terra na frente da nossa janela encolher. Eu ficava a maior parte do tempo dentro de casa, com a televisão ligada. O senhor Salgado não tinha muito tempo para me mostrar as coisas. Não fomos a lugar nenhum até a primavera seguinte, quando ele providenciou uma visita ao País de Gales, onde um colega dele tinha um chalé para alugar. Havia uma praia de pedregulhos no sopé do penhasco próximo ao chalé. Quando a maré baixava, o cascalho dava lugar à areia enlameada e revelava os destroços de um mundo todo novo para mim: musgo irlandês, medusas, algas marinhas amarronzadas, mexilhões-navalha e vôngoles, bolachas-da-praia e *frisbees*, cordas de náilon azul e ouriços-do-mar mortos. À noite, quando eu caminhava pela trilha de conchas de mexilhão esmagadas com arcos arroxeados e de bucinos cinzentos, ouvia as aves marinhas guinchando, os gritos queixosos dos cormorões e das gaivotas com as pontas das asas pretas que eram tão tristes quanto nossa vida desfigurada, coberta de sombras. Então, o sol setentrional encontrava seu prisma, e o céu se incendiava em um pôrdo-sol incandescente por cima da refinaria de petróleo do outro lado do estuário; produtos petroquímicos manchavam o ar de malva e de rosa tão deliciosos quanto o Trópico de Capricórnio próximo ao litoral salpicado de corais do sul do nosso país natal. O mar reluzia entre os calombos negros das pedras cobertas de cracas, emolduradas por carvalhinhos-do-mar dourados como baleias encalhadas na praia, grosso como um animal fabuloso que quer chegar à terra firme, bufando e gorgolejando. O céu se avermelhava, a terra se avermelhava, o mar se avermelhava. Em poças de pedras cor-de-vinho, com marcas de bexiga, ermitões pintados e anêmonas marinhas vermelhas podiam ser avistadas; lapas e litorinas e algas arredondadas seguravam-se firmes, à espera da maré. Línguas estreitas e lanosas chicoteavam para fora das conchas fechadas, em busca de luz, por mais fraca que fosse, nas correntes da água fria.

Perguntei ao senhor Salgado:

– Todos os oceanos se misturam? Este aqui é o mesmo mar que o lá de casa?

– Talvez – ele deu de ombros. – A Terra rodopia com suas estrelas verdadeiras sob um lindo manto azul desde o início dos tempos. Agora, à medida que o coral for desaparecendo, não haverá nada além de mar e vamos todos retornar a ele.

O mar em nossas entranhas. Uma lágrima por uma ilha. Um glóbulo azul rodopiando por um planeta. Sal. Uma ferida.

No nosso país, naquele mês de abril de 1971, o primeiro dos levantes se erigiu em um frenesi de tiros e pequenas explosões. Bandos de jovens guerrilheiros zelosos varreram os vilarejos e as cidadezinhas e marcaram seu território em um cortejo infinito e cruel. Milhares foram mortos nas retaliações. O coração de uma geração foi cauterizado para todo o sempre. "Nossa civilização é tão frágil", disse o senhor Salgado, lendo as notícias a respeito de decapitações horripilantes nas praias. Mas esses atos foram apenas precursores da brutalidade assombrosa que se seguiu, onda após onda, nas décadas seguintes: o inferno sufocante, os colares em chamas, os anéis derretidos de fogo; o Reino do Terror, seqüestros, desaparecimentos e crimes ideológicos; a guerra étnica supurante. Cadáveres rolavam e rolavam de novo por sobre as ondas, eram levados pela maré e despejados na praia às dúzias. A vida de irmãos, irmãs, homens e mulheres, namorados, pais e mães e filhos era frustrada uma vez atrás da outra, e esquecida.

Mas enquanto percorríamos a colina das ovelhas juntos, a única coisa que ele dizia era: "Ela poderia estar aqui, sabe? Colhendo cogumelos do pasto, ou dando nó no capim comprido". Segurava o meu braço e pulava as poças das pedras de peltre. "Olhe só para as samambaias murmurando por entre a urze. Aqui, até o vento chora."

Na nossa residência vitoriana em Londres, eu fervia um pacote de vagem verde deixada de molho em água fria durante seis horas; esperava que ele proferisse uma ou duas frases que inventava e assim distinguia um dia do outro.

O emprego dele no instituto revelou-se efêmero. "Mais um país que fica sem dinheiro", disse, alimentando seu próprio retrocesso de lábios apertados. No nosso país, quando dissera a seus assistentes que o projeto do litoral sul tinha sido suspenso, Wijetunga enlouquecera. Tinha ameaçado explodir o bangalô. "Podemos fazer isto", tinha urrado, brandindo o punho fechado. *Não estou de brincadeira, boyo.* Mas aqui, quando chegou a vez dele, o senhor Salgado assimilou a notícia como mais um simples fato da vida. Encontrou outro serviço, mais modesto, junto ao departamento de educação local.

– Não é o que fazemos todos os dias, mas os pensamentos com que vivemos é que importam – ele me dizia, cutucando a cabeça com o indicador. – É isto, no final das contas, que representa a soma total da sua vida.

Eu acendia a lareira da sala e servia uma cerveja.

– Então, por que nós viemos para cá? – perguntei. – Como refugiados?

– Viemos para ver e aprender – respondeu, abrindo as cortinas de rede e olhando para uma fileira de árvores bem podadas. – Lembra?

Mas não é verdade que todos nos refugiamos de alguma coisa? Não importa se ficamos, vamos embora ou voltamos, todos precisamos de refúgio do mundo que está além do nosso alcance. Quando eu estava em um bar e uma mulher me perguntou "Você veio da África, para fugir daquele Amin?", eu respondi que "Não, sou um explorador em uma viagem de descobrimento", como imaginei que o meu senhor Salgado teria respondido. A fumaça era pesada e espessa como uma nuvem de levedura espalhada por todos os lados. Ela riu, pegou no meu braço e se aproximou, no escuro. Um suéter Shetland quente. A pele flácida porém ávida com patchuli atrás das orelhas. Eu estava aprendendo que a história humana é sempre a história da diáspora de alguém: uma luta entre os que expulsam, repelem ou retaliam – possuem, dividem e governam –, e os que mantêm a chama viva noite após noite, boca após boca, ampliando o mundo com cada movimento ligeiro da língua.

Todo mês de maio, eu tirava dos armários nossas roupas de verão com as etiquetas do passado (*Batik Boutique, CoolMan of Colpetty*) e enchia as prateleiras de tempero na despensa. Tentava imaginar onde eu estaria, e ele, no inverno seguinte, quando a neve podia cair para o Natal e os perus de Norfolk dourariam em cozinhas nativas: nós nos mudaríamos para mais uma residência alugada durante curto período. O cabelo do senhor Salgado foi ficando grisalho a partir das têmporas em direção ao topo da cabeça e ele começou a usar óculos com lentes escuras. Finalmente, em 76, disse que estava na hora de se fixar. Comprou uma casinha em Earls Court. Havia uma magnólia no jardim. Aprendemos a nos sentar em silêncio sobre grandes cadeiras marrons e observar as flores creme se desfolharem, pétala por pétala, sob o sol vermelho que mergulhava em algum lugar em Wiltshire.

Li os livros do senhor Salgado, um por um, no decorrer dos anos. Devia haver mil livros na sala de estar no final, cada um deles uma porta que conduzia a algum lugar onde eu nunca estivera. E mesmo depois de ter lido todos, cada vez que eu olhava, encontrava alguma coisa nova. Um jogo de luz e sombra; alguma coisa que esvoaçava para dentro e para fora de uma história que eu conhecia de cor. Chegavam livros novos toda semana. Depois de anos rastreando os livros dele e depois de milhares de páginas lidas e relidas, eu já sabia instintivamente onde ele ia colocar os recém-chegados, como se nós dois tivéssemos sintonizado nossa organização mental em um sistema comum a partir das coisas que líamos, separados, durante o tempo passado juntos. Nunca falávamos sobre isso, mas tenho certeza de que ele também construiu uma espécie de roteiro de estudo para que eu seguisse. Deixava livros específicos em locais específicos: no rolo de papel higiênico ou em cima de uma pilha de roupas ou equilibrado de modo precário na beirada de uma mesa com uma xícara por cima, sabendo que eu ia pegar para guardar e, ao fazê-lo, mergulharia no texto e seria enfeitiçado: *O poço dos desejos, Ginipettiya, A ilha*. Tenho certeza de que ele queria que eu lesse esses livros, mas não sei se ele sabia que eu também lia os outros volumes; todas as realidades encaixotadas, mas sem fronteiras, que ele tinha.

Freqüentei aulas e outras bibliotecas, noite e dia, durante quase todos os anos que passamos juntos em Londres; rompi todos os antigos tabus e lentamente me libertei dos demônios de nosso passado: o que acabou, acabou para sempre, eu pensava.

– Por que é que as coisas são muito menos assustadoras aqui – perguntei a ele –, até mesmo na mais escura das noites?

– É a sua imaginação – ele respondeu. – Aqui neste lugar, ela ainda não foi envenenada. – Como se cada um de nós tivesse um domínio interior que precisava ser transgredido antes que o ambiente pudesse nos atormentar.

Certo dia, mostrei a ele uma reportagem de jornal a respeito de um simpósio sobre Homem e Coral que tinha ocorrido.

– O senhor deveria ter ido – eu disse. – Para ser o principal palestrante.

Ele ficou com ar melancólico.

– Antes era uma espécie de obsessão, sabe como é.

– Mas pelo menos, agora, parece que outras pessoas no mundo compartilham dessa obsessão...

– Você se lembra, é tudo um oceano só, não é? Os destroços de uma mente flutuam até outra. O mesmo pequeno pólipo faz crescer a idéia em outra cabeça. – Ele sorriu e encostou a mão na minha cabeça. – Mas esses encontros estão cheios de gente que agora enxerga o mundo de outro jeito. Carregam um monte de equipamentos pesados, sabe como é.

Óleo bronzeador. Tanques de mergulho. Só se preocupam com o como, não com o porquê. Eu pertenço a outro mundo. Até mesmo Darwin precisava revirar a escrivaninha para encontrar uma caneta, mais do que o fundo do mar, sabe? Ele se fiava em relatórios, conversas, fofocas. Um barbante ensebado. Ele olhava para dentro de si mesmo. Na nossa mente, nadamos nos mesmos mares. Você compreende? Um mundo imaginado.

Na única vez que nadei até o recife verdadeiro do senhor Salgado no nosso país, fiquei assombrado por sua exuberância. A água rasa pululava de criaturas. Olhos tremelicantes, caudas ondulantes, peixes de uma centena de cores disparando e cavado, cobras do mar, lesmas do mar, tentáculos se projetando e agarrando de tudo. Era uma selva de formas retorcidas, aumentadas e distorcidas, crescendo a cada movimento, pairando vindas do desconhecido, surpreendentes em seu brilho escondido. Suspenso na mais primária das sensações, aos poucos comecei a perceber que tudo devorava perpetuamente o que estava à sua volta. Nadei para dentro de um mar de sons. Minha respiração rouca de repente pontuada por cliques e tinidos, o barulho dos peixes que se alimentavam das pontas brancas do platicério dourado. A ponta dos meus próprios dedos parecia esbranquiçar enquanto peixes-balão, peixes-anjo, peixes-tigre, baiacus, peixes elétricos e peixes-lixa rodopiavam ao meu redor, sempre famintos.

O senhor Salgado sacudiu a cabeça.

– Eu deveria ter feito alguma coisa a respeito daquela baía. Costumava pensar que iria tomar uma atitude dali a um ou dois meses, ou no ano seguinte, e teria a oportunidade de transformar toda a baía em um santuário. Um parque marinho. Costumava fazer planos na cabeça: como eu construiria um quebra-mar, uma marina segura para pequenos barcos com fundo de vidro azul, alguns barquinhos com velas vermelhas, e depois um restaurante flutuante em uma ponta. Você poderia preparar o seu melhor caranguejo apimentado ali, sabe, e os melhores pepinos-do-mar recheados. Imagine só: uma fileira de terrinas prateadas com patinhas de caranguejo vermelhas com molho de feijão preto, arroz amarelo e lula no vinho tinto, um peixão vermelho assado, do tamanho do seu braço, barbatana de tubarão e algas fritas. Seria um templo para o seu deus gastronômico, não é mesmo? Pensei nele como um anel, uma plataforma circular com o mar no meio. Poderíamos fazer uma criação para a mesa e alimentar espécies raras para colocar na natureza. Um centro de estudos da nossa pré-história. Poderíamos ter mostrado ao mundo alguma coisa naquela época, uma coisa verdadeiramente fabulosa. Que desperdício.

– Vamos fazer isso aqui – eu disse. – Vamos abrir um restaurante aqui, em Londres.

– Isto você é quem vai ter que fazer – ele respondeu. – Algum dia, sozinho.

Comprou o Fusca vermelho mais ou menos naquela época e me ensinou a dirigir. Percorremos todo o país. Enchíamos o tanque no domingo de manhã e percorríamos quilômetros, visitando cada casa, jardim, parque e museu histórico no circuito, à distância de um dia. "O passeio do cozinheiro", ele dizia com um sorriso feliz, e em todos os lugares me explicava as origens de cada artefato com que deparávamos.

– A ânsia de construir, de transformar a natureza, de fazer alguma coisa a partir do nada é universal. Mas conservar, proteger, tomar conta do passado é uma coisa que precisamos aprender a fazer – ele dizia.

Certa tarde fria e úmida, voltamos para casa e vimos uma pequena lanchonete à venda no final da nossa rua. O senhor Salgado disse:

– Aqui está a sua chance. Faça virar realidade.

Investiu suas últimas economias naquilo. Pintei o lugar com as cores de um mar tropical. Comprei algumas cadeiras de palha e uma lousa para escrever o cardápio. Pendurei lâmpadas coloridas do lado de fora e, dentro, lanternas feitas com baldes. Estava pronto para crescer. O senhor Salgado ficou radiante.

Então, no verão de 1983, a multidão enlouqueceu em Colombo. Vimos imagens de jovens, que não eram diferentes de mim, perdendo a cabeça em um lugar que poderia ser a nossa rua principal. A violência desenfreada ocupou os noticiários da TV noite após noite durante semanas. Quando ocorreram problemas anteriormente, nunca fora nada parecido; livros tinham sido queimados, e os primeiros conflitos tiveram início. Mesmo durante o levante de 71, as notícias só chegavam aos trancos, distanciadas. Mas, dessa vez, as imagens de crueldade, o nascimento da guerra, tremeluziram nas telas do mundo todo no momento em que aconteciam. Lembrei-me do professor fervoroso que tivera na escola: a sua bicicleta preta e bamba, com a corrente enferrujada, o livro didático que ele sempre carregava consigo e o guarda-chuva preto que desabrochava sob a chuva quente. Eu o encontrara em uma vala do nosso arrozal naquele mês desordenado que terminou com a minha ida à casa do senhor Salgado. Suas pernas tinham sido quebradas por um bando de meninos mais velhos que se reuniam em uma cabana no pátio da escola e entoavam os *slogans* de um mundo reduzido.

No final do verão, do nada, certo dia, Tippy telefonou para o senhor Salgado. Estava fazendo uma conexão no aeroporto de Heathrow, indo para Nova York para fechar algum negócio. Disse que tinha conseguido o telefone dele com o Auxílio à Lista; Tippy sabia como as coisas funcionavam no mundo todo. Disse que o nosso país estava em guerra. "Aqueles desocupados estão fazendo a maior confusão." Falou a respeito das armações políticas, das posturas e da dinheirama que sempre podia ser tirada de situações complicadas. "Muito dinheiro, rapaz", disse. "Um monte de dinheiro, porra." Bem no final, mencionou Nili. Disse que estava internada no sanatório perto da Galle Road. Estava sozinha. O negócio com Robert tinha terminado pouco depois de deixarmos o país. Ele tinha voltado para os Estados Unidos. Depois de um tempo, ela tinha aberto seu próprio negócio: uma pousada para turistas. Tinha ido bem. Mas, durante as confusões do verão, uma multidão enfurecida recebeu a informação de que Nili abrigara Danton Chidambaran e outra família tâmil. A casa deles tinha sido destroçada. Ela escondera as duas famílias no andar de cima e expulsara os grosseirões que vieram atrás deles. Na noite seguinte, uma multidão apareceu com latas de querosene e tocou fogo no lugar. O pessoal dançou enlouquecido na rua. Ela ficou arrasada. "A maior confusão, cara. Não tem saída. Você sabe como é, *machang*... agora está se matando. Ela não tem ninguém mesmo."

O senhor Salgado colocou o telefone no gancho e pressionou os dedos contra as têmporas. Repetiu o que Tippy tinha lhe dito. Disse que precisava ir vê-la.

– Preciso voltar.

Certa vez, eu tinha pedido a opinião dela a respeito de um prato que estava preparando. Ela tinha dado de ombros e dito: "Agora você é o mestre, o mestre da cozinha!". Não contei nada disso ao meu senhor Salgado. Em vez disso, respondi:

– Já faz muitos anos. Tanta coisa aconteceu... – eu falava imitando a voz dele, como sempre quis fazer, mas eu sabia que não tinha como impedir que ele se fosse. Eu não devia fazer isso.

– Sabe, Triton – ele disse, no final. – Nós somos apenas aquilo de que nos lembramos, nada mais... tudo o que temos é a memória do que fizemos e do que não fizemos; quem poderíamos ter tocado, nem que por um instante...

Os olhos dele estavam inchados com pregas de pele escura embaixo e em cima de cada olho. Eu sabia que ele iria me abandonar e nunca mais voltaria. Eu ficaria e afinal teria que aprender como viver por conta própria. Foi só então que me conscientizei de que aquilo poderia ser exatamente o que eu desejava lá no fundo. O que talvez sempre tivesse desejado. As noites seriam longas na lanchonete de Earls Court com sua fila de cosmopolitas itinerantes e amarfanhados. Mas aquelas eram as pessoas que eu tinha de servir: meu futuro. Minha vida se transformaria em um sonho de cabelos almiscarados, bares enfumaçados e olhos brilhantes de néon. Eu aprenderia a conversar e a fazer piada e a divertir os outros, a aperfeiçoar a atitude de alguém que encontrou sua vocação e, finalmente, um lugar para chamar de seu. A casa de lanches um dia se transformaria em restaurante e eu, em *restaurateur*. Seria a única maneira de eu ter sucesso na vida: sem passado, sem nome, sem Ranjan Salgado ao meu lado.

Em uma manhã fria e sem nuvens, eu o levei ao aeroporto. No balcão do *check-in*, enquanto procurava a passagem, encontrou suas chaves de reserva.

– Tome, é melhor você ficar com elas – disse e as entregou para mim.

Algumas horas mais tarde, ele partiu, para ir atrás de uma centelha de esperança em uma distante morada de mágoas.